불가리아 출신
율리안 모데스트의 에스페란토 원작 장편추리소설

AVERTO PRI MURDO
살 인 경 고

살인 경고(에·한 대역)

인   쇄 : 2021년 7월 15일 초판 1쇄
발   행 : 2021년 9월 6일 초판 2쇄
지은이 : 율리안 모데스트(Julian Modest)
옮긴이 : 오태영(Mateno)
표지디자인 : 노혜지
펴낸이 : 오태영
출판사 : 진달래
신고 번호 : 제25100-2020-000085호
신고 일자 : 2020.10.29
주   소 : 서울시 구로구 부일로 985, 101호
전   화 : 02-2688-1561
팩   스 : 0504-200-1561
이메일 : 5morning@naver.com
인쇄소 : TECH D & P(마포구)
값 : 12,000원
ISBN : 979-11-91643-08-4(03890)

불가리아 출신
율리안 모데스트의 에스페란토 원작 장편추리소설

AVERTO PRI MURDO

살 인 경 고

율리안 모데스트 지음
오태영 옮김

진달래 출판사

JULIAN MODEST

AVERTO PRI MURDO

krimromano, originale verkita en Esperanto

율리안 모데스트
살인 경고
에스페란토 원작 장편추리소설
2017

Enhavo
목 차

Kial mi rekomendas novelojn
de Julian Modest?

1. Relative facile legebla stilo
2. Tra la noveloj oni spertas nerektajn okazaĵojn
3. Esperanto-stilo tra originalaj noveloj
4. Universala esprimo de la esprim-maniero de Julian
5. Priskribas fecile eĉ je delikataj situacioj
6. Gajnas memfidon tra la legado de Julian-a novelo.
7. La noveloj temas ĉefe pri okazaĵoj, kiuj okazas ĉirkaŭ ni
8. Esperantecaj esprimoj; simpla kaj logika
9. La temoj ne estas limigita al Esperantistoj
10. Trankviliga facil-legebla teksto
11. Ne troviĝas tipa eŭropeca esprimo
12. Kompreni la gramatikon de Esperanto tra la noveloj

율리안 모데스트의 소설을 추천하는 이유

1. 비교적 읽기 쉬운 스타일
2. 단편을 통해 간접적인 사건을 경험한다
3. 원작 단편을 통한 에스페란토 스타일
4. 율리안 표현 방식의 보편적 표현
5. 섬세한 상황에서도 쉽게 설명
6. 율리안의 단편 소설을 읽고 자신감을 얻으십시오.
7. 짧은 이야기는 주로 우리 주변에서 일어나는 사건에
   관한 것입니다.
8. 에스페란토 표현이 간단하고 논리적
9. 주제는 에스페란티스토에게 제한되지 않습니다.
10. 읽기 쉬운 텍스트
11. 전형적인 유럽식 표현이 없습니다.
12. 짧은 이야기를 통해 에스페란토의 문법을
    이해하십시오

1.

En la interreto estis anonco: Privata detektiva oficejo. Estis tie telefonnumero. Bojan transskribis la telefonnumeron kaj telefonis. Aŭdiĝis vira voĉo:
- Halo!
- Ĉu la detektiva oficejo tie? - demandis Bojan.
- Jes.
- Kiam mi povas viziti vin?
- Morgaŭ inter la 16-a kaj 18-a horoj.
- Dankon, - diris Bojan.
La sekvan tagon post la kvara horo posttagmeze Bojan ekiris al la privata detektiva oficejo. Ĝi troviĝis sur la strato Roza Valo, preskaŭ en la centro de la urbo, malgranda, mallarĝa kaj silenta strato. Ambaŭflanke, laŭ du trotuaroj, kreskis tilioj, kiuj aldonis al la strato apartan ĉarmon. La detektiva oficejo troviĝis en la domo numero dek kvin.

Bojan eniris malhelan ŝtuparejon. Malnova domo, konstruita verŝajne post la Dua Mondmilito, sen lifto. Bojan supreniris per la ŝtuparo al la dua etaĝo. Sur unu el la pordoj, masiva, bruna, pendis ŝildo: Privata detektivo. Li frapetis je la pordo.

Iu interne diris "bonvolu" kaj Bojan eniris.

1. 사립탐정 사무실

인터넷에 사립탐정 사무실이라는 광고가 있다. 전화번호가 나와 있다. **보얀**은 전화번호를 옮겨적고 전화를 걸었다. 한 남자의 목소리가 들렸다.

"안녕하세요!"

"거기가 사립탐정 사무실인가요?" 보얀이 물었다.

"예."

"언제 방문할 수 있습니까?"

"내일 오후 4시에서 6시 사이요."

"감사합니다." 보얀이 말했다.

이튿날 오후 4시가 지나 보얀은 사립탐정 사무실로 출발했다. 그곳은 거의 시내 중심가에 있는 작고 좁고 한적한 **로자 발로** 거리에 있다.

양쪽에서 두 개의 보도를 따라 거리에 특별한 매력을 더하는 린든 나무가 자라고 있다.

탐정 사무실은 15번 번호가 붙은 건물에 있다.

보얀은 어두운 계단으로 들어갔다.

아마도 2차 세계대전 뒤에 지어진 듯 오래된 집은 엘리베이터가 없다.

보얀은 계단을 걸어서 2층으로 올라 갔다.

크고 갈색의 문 중 하나에 '사립탐정'이라는 간판이 걸려 있다. 보얀은 문을 두드렸다. 안에서 누군가가 '들어오세요.' 라고 말해 보얀은 들어갔다.

Estis ne tre vasta ĉambro. Kontraŭ la pordo – granda skribotablo kun multaj paperujoj[1], libroj, verŝajne diversaj leĝoj, komputilo, skribiloj··· Ĉe la skribotablo sidis viro, ĉirkaŭ kvardekjara kun densa nigra hararo kaj kun okuloj kiel brilaj verdaj olivoj.

– Sinjoro Sinapov? – demandis Bojan.

– Jes, – respondis la viro. – Janko Sinapov kaj vi estas Bojan Mitov. Hieraŭ vi telefonis al mi, ĉu ne?

– Mi telefonis.

– Bonvolu sidiĝi, – invitis lin la detektivo kaj montris la seĝon antaŭ la skribotablo.

Bojan sidiĝis malrapide kaj denove trarigardis la ĉambron. Ne estis multe da mebloj. Ĉe la muro, malantaŭ la skribotablo – malnova bretaro kun libroj, sed evidente tre malofte oni uzis ilin, ĉar videblis polvo sur ili. Ĉe la fenestro al interna korto staris malgranda tablo, sur kiu ankaŭ kuŝis paperujoj. Neona lampo sur la plafono[2] forte lumigis la tutan ĉambron.

– Pri kio temas? – demandis la detektivo.

– La okazintaĵo estas tre stranga kaj tute nekomprenebla, – komencis malrapide rakonti Bojan.

---

1) 종이끼우개
2) 천정

매우 넓은 방은 아니었다.

문 맞은편에는 많은 종이 끼우게, 책, 아마도 다양한 법률서, 컴퓨터, 필기구가 놓인 책상이 있다.

책상에는 짙은 검은 머리카락과 밝은 녹색 올리브 같은 눈을 가진 마흔 살의 한 남자가 앉아 있다.

"시나포브 씨인가요?" 보얀이 물었다.

"예." 남자가 대답했다.

"**얀코 시나포브**입니다. 그리고 손님은 보얀 미토브 씨입니다. 어제 전화하셨지요, 맞죠?"

"제가 전화했습니다."

"앉으세요."

탐정이 초대하면서 책상 앞의 의자를 가리켰다.

보얀은 천천히 앉아서 방을 다시 둘러 보았다.

가구가 별로 없었다.

책상 뒤의 벽에, 오래된 책장이 있지만, 책에 먼지가 보이는 것으로 보아 거의 사용하지 않았다.

내부 뜰을 향한 창에는 역시 종이 끼우개가 놓여있는 작은 탁자가 놓여있다.

천정에 달린 네온램프가 방 전체를 밝게 비추었다.

"무슨 일인가요?" 탐정이 물었다.

"이 사건은 매우 이상하고 도대체 이해할 수 없습니다." 천천히 보얀이 말하기 시작했다.

Li estis tridekjara junulo kun bluaj kiel cejanoj[3] okuloj kaj krispa[4] blonda hararo, li estis vestita en moda ĉokoladkolora kostumo kun helflava ĉemizo.

Sinapov bone spertis rapide pritaksi homojn kaj li tuj konstatis, ke Bojan Mitov estas inteligenta, bonedukita junulo, verŝajne inĝeniero aŭ financisto. Tion montris ne nur lia tuta sinteno, sed ankaŭ lia delikata penetranta rigardo.

Post mallonga paŭzo Bojan daŭrigis:

– Antaŭ unu monato subite kaj neatendite malaperis mia onklo Damjan Donev. Du tagojn li ne revenis hejmen kaj mi anoncis lian malaperon al la polico. Dum la tuta monato oni serĉis lin, sed de li ne estas eĉ spuro. Fin-fine el la policejo oni informis min, ke ne eblas trovi la onklon kaj por la polico li estas unu el tiuj, kiuj malaperis senspure. Vi, kiel detektivo, tre bone scias, ke ĉiujare estas homoj, kiuj malaperas kaj oni neniam retrovas ilin.

– Jes, – kapjesis Sinapov kaj fiksrigardis Bojan.

– La konstato de la polico tamen ne trankviligis min kaj mi decidis peti helpon de privata detektivo. Tial mi venas al vi. Mi tre amas mian onklon.

---

3) 수레국화
4) 주름

보얀은 수레국화처럼 파란 눈에 금발의 곱슬머리를 하고 세련된 초콜릿 색 정장에 밝은 노란색 셔츠를 입은 서른 살의 청년이었다.

시나포브는 사람을 한눈에 알아보는 데 아주 노련하여 보얀 미토브는 지적이고 교육을 잘 받은 청년이며 아마도 기술자나 은행원일 거라고 즉시 확신했다.

모든 태도뿐만 아니라 섬세하고 날카로운 눈초리가 그것을 나타낸다.

잠시 뒤 보얀은 계속 말을 이어갔다.

'담얀 도네브 삼촌이 한 달 전 갑자기 소리도 없이 사라졌어요. 이틀 동안 집에 돌아오지 않았고 저는 경찰에 실종 사실을 알렸어요.

우리가 한 달 내내 찾았지만, 흔적조차 없습니다.

마침내 경찰서에서 삼촌을 찾을 수 없고 삼촌은 흔적도 없이 사라진 사람 중 하나가 되었다는 통보를 저는 받았어요.

탐정이시니까 선생님은 매년 실종되어 결코 돌아오지 못한 사람들이 많다는 것을 아주 잘 아시죠.

"예" 시나포브가 긍정하며 고개를 끄덕이고 보얀을 똑바로 바라보았다.

"하지만 경찰 보고서가 이해가 안 가 사립탐정의 도움을 받기로 마음먹었습니다.

그래서 선생님을 찾아왔습니다.

저는 삼촌을 매우 사랑합니다.

Li same amis min. Kiam mi estis infano, la onklo rilatis al mi kiel al sia filo. Ni kune iris en kinejojn, al futbalmaĉoj.

La onklo aĉetis al mi librojn. Kiam mi plenkreskis, mi ofte vizitadis lin, helpis lin, ĉiam mi demandis lin kion li bezonas kaj ĉu mi povus helpi lin. Li donis al mi ŝlosilon de sia loĝejo kaj diris, ke ĉiam, kiam mi deziras, mi povas veni en lian loĝejon. Tial nun mi tre maltrankviliĝas pro lia subita malapero kaj mi deziras peti vian helpon trovi lin.

– Ĉu antaŭ la malapero li ne telefonis al vi, al via parenco, aŭ al iu amiko? Ĉu li ne postlasis iun noteton?

– Tute ne. Li ne telefonis, ne postlasis noteton. Mi provis telefoni al li, sed vane, lia poŝtelefono jam de monato ne funkcias, – klarigis Bojan.

– Kiom jaraĝa li estas, ĉu li ne estas malsana? Ĉu povis okazi, ke li estis malsana, eliris el la domo, perdiĝis kaj ne revenis?

– Mia onklo estis sana. Sesdekkvinjara, pensiulo, li havis bonan memorkapablon. Ja, li estis sperta inĝeniero, laboris en optika entrepreno. Ne eblas, ke li perdiĝis.

– Ĉu ne okazis ajna akcidento? – supozis la detektivo.

삼촌도 저를 사랑했어요. 제가 어렸을 때 삼촌은 저를 아들같이 대해 주셨어요. 우리는 함께 영화관이나 축구 경기장에 갔어요.

삼촌이 책을 사 주셨어요. 제가 자라면서 자주 삼촌을 찾아뵙고 도왔으며, 항상 무엇이 필요한지 제가 도울 수 있는지 여쭈었어요.

삼촌은 제게 아파트 열쇠를 주셨고 원할 때마다 언제든지 아파트에 올 수 있다고 말씀하셨어요.

그래서 지금 저는 매우 갑작스러운 실종에 대해 걱정하고 있어 삼촌을 찾는 데 도움을 청하고 싶습니다."

"실종되기 전에 손님이나 손님의 친척 또는 어떤 친구에게 전화하지 않았나요?

메모를 남기지 않았나요?"

"전혀 없어요.

전화도 하지 않았고 메모를 남기지도 않았습니다.

전화하려고 했지만, 삼촌 휴대 전화기는 이미 한 달 전부터 꺼져 있어 소용없었어요." 보안은 설명했다.

"삼촌의 연세는 얼마며 아프지는 않았나요?

아프다면 집을 떠나 길을 잃고 돌아오지 않는 일도 있겠지요?"

"삼촌은 건강했어요. 65세로 연금 수급자입니다. 기억력도 좋으셨어요. 실제로 광학 회사에서 근무했던 숙련된 기술자셨습니다. 길을 잃었을 가능성은 없어요.

"어떤 사고는 없었나요?" 탐정이 추측했다.

- Mi demandis en pluraj malsanulejoj. La persona legitimilo[5] certe estas ĉe li. Se okazis akcidento, oni nepre trovos ĝin kaj sciigos min.

- Povas esti, ke li ekveturis al iuj parencoj provincen? - meditis Sinapov.

- Ni ne havas parencojn en la provinco. Mia onklo loĝis sola. Li ne havas familion, nek edzinon, nek infanojn. Li estis fraŭlo.

- La tasko malfacilas, - konkludis la detektivo kaj iom kompate alrigardis Bojan. - Mi tamen provos trovi vian onklon, sed mi bezonas vian aktivan helpon. Vi diris, ke li loĝis sola. Mi ŝatus atente trarigardi lian loĝejon kaj ekkoni liajn kutimojn, lian vivmanieron, vidi iujn liajn dokumentojn. La supozoj pri lia subita malapero povas esti multaj, sed mi devas trovi la plej verŝajnajn. Kiam mi povus trarigardi la loĝejon?

- Morgaŭ post la kvara horo mi venos kaj ni iros al lia loĝejo, - proponis Bojan.

- Bone. Mi atendos vin morgaŭ, - konsentis Sinapov.

Bojan dankis, diris "ĝis revido" kaj eliris el la ĉambro. Sinapov ekstaris kaj paŝis al la fenestro. Malsupre la korto, inter la multetaĝaj domoj, dezertis. Neniu videblis tie.

---

5) 증명서

여러 병원에 물었습니다. 신분증명서는 확실히 가지고 계십니다. 사고가 발생하면 분명히 그것을 찾아서 제게 알려줄 것입니다.

"지방의 어느 친척에게 갔을 수 있나요?" 시나포브는 깊이 생각했다.

"우리는 지방에 친척이 없습니다. 삼촌은 혼자 살았습니다. 가족도 없고, 아내나 자녀도 없이 독신이었습니다."

"일이 어렵네요." 탐정이 결론을 내리고 조금 안타깝게 보얀을 바라보았다.

"그러나 삼촌을 찾으려고 노력하겠지만, 손님의 적극적인 도움이 필요합니다. 삼촌이 혼자 사셨다고 했잖아요. 삼촌의 아파트를 자세히 살펴보고, 습관과 생활 방식을 알고, 어떤 서류들을 읽어보고 싶어요. 갑작스러운 실종에는 여러 짐작이 많겠지만 가장 가능성이 있는 것을 찾아야 합니다. 언제 아파트를 살펴볼 수 있을까요?"

"내일 4시가 지나면 제가 와서 같이 아파트에 가시죠." 라고 보얀이 제안했다.

"좋아요. 내일 손님을 기다릴게요." 시나포브가 동의했다. 보얀은 감사하고 "안녕히 계십시오." 라고 말한 뒤 사무실을 나갔다. 시나포브가 일어나서 창문으로 걸어갔다. 아래를 보니, 다층 주택 사이의 안뜰이 황폐해 있다. 거기에서 아무도 볼 수 없다.

Sur ĝi kreskis maljuna kaŝtanarbo, kiu similis al soleca oldulo. Ĝi ĵetis grandan ombron kaj de tempo al tempo ĉirkaŭ la arbo videblis infanoj, kiuj loĝis en la najbaraj domoj.

Iliaj voĉoj, krioj ĝenis Sinapov, sed li estis pardonema, ja, la infanoj devis ie ludi.

Sinapov rigardis la multjaran arbon kaj meditis pri la vivo de solecaj maljunuloj. Ili ne havas familiojn. La infanoj de tiuj, kiuj tamen havis familiojn, loĝas eksterlande kaj tre malofte rememoras pri siaj gepatroj, ne zorgas pri ili aŭ nur de tempo al tempo vizitas ilin. La junulo Bojan pli ofte vizitis sian onklon kaj nun estas maltrankvila pro lia malapero, sed bedaŭrinde li, nevo, malmulte scias pri la kutimoj de la onklo. Ĉu la onklo havis amikojn, ĉu li ofte renkontiĝis kun ili aŭ ĉu konfesis al iu kion li planas entrepreni kaj kial tiel subite li malaperis?

Sinapov bone komprenis, ke ne estos facile trovi la maljunulon, sed li tamen pretis fari ĉion eblan por ekscii kio okazis. Ja, homo ne estas aĵo, kiu povas senspure malaperi. Certe ie restis iu signo de la maljunulo kaj Sinapov devis trovi ĝin.

Sed jam estis tempo por iri hejmen.

그 위에는 외로운 노인처럼 보이는 오래된 밤나무가 자랐다.

그것은 큰 그림자를 드리우고, 때때로 나무 둘레에서 이웃집에 사는 아이들을 볼 수 있다. 아이들의 목소리, 울음소리는 시나포브를 괴롭혔지만, 아이들은 어딘가에서 놀아야 한다고 관대한 마음을 품었다.

시나포브는 다년생 나무를 보고 외로운 늙은이의 삶에 대해 깊이 생각했다.

그들은 가족이 없다. 그러나 가족이 있는 사람의 자녀들은 해외에 살고 있으며 부모님을 거의 기억하지 않고 돌보지도 않고 오직 가끔 방문했다.

젊은 보안은 삼촌을 더 자주 방문했고 지금은 실종을 걱정하고 있지만 안타깝게도 조카는 삼촌의 습관을 조금밖에 알지 못했다.

삼촌에게 친구가 있었을까, 아니면 자주 그들과 만나거나 삼촌이 수행할 계획을 누군가에게 고백했을까, 그리고 왜 그렇게 갑자기 사라졌을까?

시나포브는 노인을 찾기가 쉽지 않을 것이라고 잘 알았지만 무슨 일이 일어났는지 알아내기 위해 가능한 모든 일을 하려고 준비했다.

사실 사람은 흔적도 없이 사라질 수 있는 존재가 아니다. 분명히, 어딘가에 노인의 흔적이 남아 있을 테니 시나포브는 그것을 찾아야만 했다.

그러나 벌써 퇴근 시간이 되었다.

Hodiaŭ li ne havis aliajn klientojn, nur tiun ĉi junulon Bojan kaj, sincere dirite, Sinapov estis danka, ke Bojan donis laboron al li. Dum la lastaj tagoj oni tre malmulte venis en lian detektivan kontoron por komisii iun taskon.

De tempo al tempo venis edzoj aŭ edzinoj suspektantaj, ke la edzo aŭ edzino havas amatinon aŭ amaton. Pruvi la ekziston de amatino aŭ amato ne estis malfacile kaj Sinapov rapide solvis tiujn ĉi kazojn. Li estingis la lampon, eliris kaj ŝlosis la pordon. Ekstere, sur la strato, eĉ aŭto ne preterveturis kaj li malrapide ekpaŝis al la najbara strato, kie estis tramhaltejo. Malgraŭ ke li posedis aŭton, li preferis piediri kaj en la urbo li ordinare veturis per tramoj aŭ aŭtobusoj. La junia vespero estis agrabla, blovis vento, la ĉielo sennubis kaj multaj steloj kvazaŭ okulsignis.

오늘은 오로지 이 젊은 보얀 말고는 다른 손님이 없다.
그리고 진실하게 말하면 보얀이 일거리를 주어서 너무
감사하다.
지난 며칠간 어떤 일을 맡기려고 탐정 사무실을 온 사
람이 거의 없었다.
때때로 자기 남편이나 아내에게 애인이 있는지 의심하
는 부인이나 남편이 찾아왔다.
애인이 있다는 것을 증명하기란 어렵지 않다.
시나포브는 이런 사건을 재빠르게 해결했다.
불을 끄고 사무실을 나와 열쇠로 사무실 문을 잠갔다.
바깥 거리에는 자동차도 지나지 않는다.
천천히 지하철 정거장이 있는 가까운 거리로 걸어갔다.
자가용이 있지만, 오히려 걷기를 좋아하고 도시에서는
보통 지하철이나 버스로 이동한다.
6월의 밤은 따뜻하고 바람은 불고 하늘은 구름 한 점
없다.
많은 별이 눈짓하는 듯 깜빡인다.

2.

Je la kvara horo posttagmeze Bojan venis en la kontoron de Sinapov kaj ili ambaŭ ekiris al la loĝejo de la onklo, troviĝanta en randkvartalo de la urbo.

– Jen la loĝdomo, – montris Bojan, kiam ili proksimiĝis al kvinetaĝa domo. – La loĝejo estas sur la plej alta etaĝo.

Li kaj Sinapov eniris la lifton kaj ekveturis al la kvina etaĝo. La loĝejo situis antaŭ la pordo de la lifto. Bojan malŝlosis la pordon. Estis unuĉambra loĝejo: ne tre larĝa vestiblo, dormoĉambro, kuirejo kaj banejo. Bojan enpaŝis la vestiblon, sed subite li haltis kaj maltrankvile diris:

– Ŝajne iu estis en la loĝejo···

Sinapov alrigardis lin.

– Eble via onklo revenis?

– Ne. Iu tre lerte malŝlosis la pordon kaj eniris. Poste, kiam li eliris, li denove ŝlosis la pordon, – preskaŭ flustris Bojan kaj en liaj okuloj Sinapov vidis timon, embarason kaj konfuzon.

Atente Bojan malfermis la pordon de la dormoĉambro. Ambaŭ restis stari senmovaj pro la kaoso, kiu regis en ĝi.

2. 삼촌의 아파트

오후 4시에 보얀이 시나포브 사무실에 와서 두 사람은 함께 도시 외곽지역에 있는 삼촌의 아파트로 갔다.
"여기가 집이에요."
보얀이 5층짜리 건물에 가까이 다가갔을 때 가리켰다.
"집은 가장 높은 층이에요."
두 사람은 엘리베이터를 타고 5층으로 올라갔다.
엘리베이터 바로 앞에 문이 있다.
보얀이 문의 자물쇠를 열었다.
방이 하나였다.
그리 크지 않은 옷장, 침실, 주방과 욕실이 있다.
보얀이 옷장을 열고 갑자기 멈춰서 조용히 말했다.
"누군가 방에 들어온 것 같아요."
시나포브가 쳐다보았다.
"아마 삼촌이 돌아오셨나요?"
"아니요. 누군가가 솜씨 좋게 문을 따고 들어왔어요. 나중에 나갈 때 다시 문을 잠갔죠."
거의 속삭이듯 보얀이 말하는데 시나포브는 그 눈에서 두려움, 당황, 혼란스러움을 보았다.
조심해서 보얀은 침실문을 열었다.
방안은 온통 널브러지고 어수선해서 두 사람은 망연자실하게 서 있었다.

Sur la planko kuŝis libroj, vestoj, fotoj, kusenoj, littukoj⋯ Iu tre detale serĉis ion kaj ĵetis sur la plankon la enhavon de ĉiuj tirkestoj, la vestojn el la vestoŝranko kaj la librojn el la librobretoj.

– Kiel jam en la vestiblo[6] vi komprenis, ke estis iu en la loĝejo? – demandis Sinapov.

– La pluvmantelo de la onklo estis dekroĉita de la vesthokaro.

– Kaj laŭ vi kion oni serĉis ĉi tie?

– Mi tute ne komprenas. La onklo ne havis monon, ne posedis valoraĵojn. Lia pensio estis mizera, – respondis Bojan.

– Verŝajne iuj ŝtelistoj rimarkis, ke via onklo delonge ne estas en la loĝejo kaj eniris por serĉi monon, – supozis Sinapov.

– Eble estis iuj buboj, narkotomaniuloj[7], – diris Bojan kaj kliniĝis por kolekti la librojn, ĵetitajn sur la plankon.

Sinapov ĉirkaŭrigardis. En la ĉambro estis lito, skribotablo, libroŝranko, vestoŝranko, malnova televidilo. Sur la muroj pendis du pejzaĝoj.

마룻바닥에는 책, 옷, 사신, 방석, 수건이 놓여있다.

누가 매우 주의 깊게 그것들을 살피고 모든 서랍의 내용물을, 옷장에서는 옷을, 책장에서는 책을 바닥에 내버려 두었다.

시나포브가 물었다.

"현관에서 벌써 집에 누군가 왔었다고 어떻게 알아차렸나요?"

"삼촌의 비옷이 옷걸이에서 떨어져 있었어요."

"손님이 보기에 무엇을 찾았을 것 같나요?"

"전혀 몰라요. 삼촌은 돈도 없고 귀중품도 없어요. 연금은 비참할 정도죠." 보얀이 대답했다.

"정말로 어떤 도둑이 삼촌이 오랫동안 집에 없음을 알아차려 돈을 찾으려고 들어온 것 같군요."

시나포브가 짐작했다.

"아마 어떤 장난꾸러기나 마약을 좋아하는 사람이 있을 거예요."

보얀이 말을 하고 바닥에 던져진 책들을 모으려고 몸을 숙였다.

시나포브는 둘레를 살폈다.

방에는 침대, 책상, 책장, 옷장, 오래된 텔레비전이 있었다.

벽에는 두 개의 풍경화가 걸려 있다.

Sur la unua estis montaro kun neĝa pinto, sur la alia – valo kun rivero kaj je la fono – fora vilaĝo.

Evidente la onklo vivis modeste, ne havis multekostajn meblojn kaj la vestoj, kiuj kuŝis sur la planko, ne estis novaj: kostumoj, ĉemizoj, puloveroj···

– Do, kion vi deziras vidi ĉi tie? – demandis Bojan.

– Unue mi devas havi lian foton, – klarigis Sinapov. – Tio tre gravas. Due – donu al mi telefonnumerojn kaj adresojn de liaj amikoj, ekskolegoj, konatoj.

– Jen malnova albumo, – kaj Bojan prenis de sur la planko fotoalbumon, donis ĝin al Sinapov, kiu komencis scivoleme trafoliumi ĝin.

Estis tie multaj diversaj fotoj de viroj kaj virinoj.

– Kiu el ili estas via onklo? – demandis Sinapov.

Bojan rigardis al la albumo kaj montris foton de viro sidanta ĉe skribotablo.

– Jen, – diris Bojan, – li estas, tamen oni fotis lin antaŭ kelkaj jaroj, kiam li ankoraŭ laboris.

Sinapov atente trarigardis la foton. Ĉirkaŭ kvindekkvinjara viro, alta verŝajne cent okdek centimetrojn, kun nigra hararo, la okuloj ŝajne brunaj, la nazo – iom agla, la brovoj – densaj, vestita en grizkolora kostumo kun malhelblua kravato. Sinapov strebis bone enmemorigi la vizaĝon de la viro.

하나는 정상에 눈이 있는 산을 그린 것이고 다른 하나는 먼 마을을 배경으로 강이 있는 계곡의 그림이다. 분명 삼촌은 검소하게 살고, 비싼 가구도 없고, 마룻바닥에 놓인 겉옷, 셔츠, 재킷 같은 옷은 새것이 아니었다.

"그럼 여기서 무엇을 보고 싶은가요?"

보얀이 물었다.

"우선 삼촌의 사진을 가져야 해요." 시나포브가 설명했다.

"그것이 매우 중요합니다. 둘째 친구나 전 직장동료, 아는 사람의 전화번호나 주소를 찾아주세요."

"여기 오래된 사진첩이 있어요." 보얀이 마루에서 사진첩을 집어 들고 시나포브에게 건네주자 시나포브는 호기심을 가지고 넘겨보기 시작했다.

거기에는 남자들과 여자들의 많은 다양한 사진들이 있었다. "여기에서 누가 삼촌입니까?"

보얀이 사진첩을 살펴보더니 책상에 앉아 있는 남자의 사진을 가리켰다.

"이분입니다." 보얀이 말했다.

"몇 년 전 직장에서 일할 때 찍은 사진입니다."

시나포브는 주의 깊게 사진을 살폈다.

대략 55세이고, 키가 180㎝로 크고 검은 머리카락, 눈은 갈색이고 코는 조금 매부리코에 눈썹은 진하고 회색 상의에 어두운 파란 색 넥타이를 맸다.

남자의 얼굴을 잘 기억하려고 애를 썼다.

La plej karakteriza vizaĝtrajto estis la agla nazo, kiu aldonis seriozan mienon.

– Mi prenos tiun ĉi foton, – diris la detektivo. – Nun bonvolu doni al mi adresojn de liaj amikoj kaj konatoj, – turnis li sin al Bojan.

– La onklo estis tre precizema persono kaj li tre ŝatis ordon. Ĉiuj liaj dokumentoj estis en dosieroj kaj mi devas serĉi ilin.

Bojan iom promenis en la ĉambro, esplorrigardante atente la plankon, serĉante eble iujn el la dosieroj. Li levis nigran valizeton kaj malfermis ĝin, ĝi estis plen-plena je diversaj paperoj. Bojan komencis atente trafoliumi ilin, li rimarkis notlibreton kaj kontente diris:

– Jes, en jena notlibreto estas telefonnumeroj de kelkaj liaj ekskolegoj, verŝajne amikoj, konatoj. Antaŭ unu monato mi trarigardis ĝin kaj telefonis al kelkaj liaj ekskolegoj, sed bedaŭrinde nenion ili sciis pri li kaj kelkaj diris, ke jam de jaroj ili ne vidis lin kaj ne renkontiĝis kun li.

– La notlibreto estos tre utila, – diris Sinapov kaj prenis ĝin.

Li eliris el la ĉambro kaj iris en la kuirejon. Ĝi estis same modeste meblita: manĝotablo, forno, fridujo, ŝranko por manĝilaro, lavmaŝino.

얼굴 형태의 가장 큰 특징은 매부리코로 진지한 표정을 더했다.

"이 사진을 가져갈게요." 시나포브가 말했다.

"이제 삼촌의 친구와 지인의 주소를 나에게 주세요."

시나포브는 보얀에게 몸을 향했다.

"삼촌은 매우 정확한 사람이라 질서를 아주 좋아했습니다. 모든 문서는 서류철에 있고 찾아야 합니다."

보얀은 바닥을 열심히 들여다보며 서류철 중 어떤 것을 찾으며 잠시 방을 돌아다녔다.

검은색 여행 가방을 집어 들고 열었다.

그곳에는 다양한 서류로 가득했다.

보얀은 조심스럽게 넘겨보기 시작하더니 작은 수첩을 찾아내고 만족스럽게 말했다.

"예, 이 수첩에는 아마 친구나 지인인 듯한 삼촌의 전 동료들 몇 명의 전화번호가 있습니다.

한 달 전에 이것을 살펴서 전화했지만, 전 동료 중 일부는 불행히도 아무것도 몰랐고 몇 사람은 몇 년 동안 보지도 만난 적도 없다고 말했어요."

"작은 수첩은 매우 유용할 것입니다."

시나포브가 그것을 가지고 말했다.

방에서 나와 부엌으로 들어갔다.

마찬가지로 식탁, 난로, 냉장고, 수저통, 세탁기 같은 소박한 가구들이 있다.

Sur la muro pendis kalendaro, kiu montris monaton majon, la 10-an. Eble en tiu ĉi tago Damjan Donev forlasis la loĝejon. Sinapov staris en la kuirejo, strabe[8] rigardis la kalendaron kaj pluraj demandoj provokis liajn meditojn. Kio igis Donev forlasi la loĝejon? Kien li forveturis aŭ ĉu vere li forveturis ien? Ĉu li ankoraŭ estas en la urbo aŭ ie en la provinco? Ĉu li konfesis al iu, ke li forveturas, aŭ ĉu li forveturis tute sekrete? La demandoj venis unu post alia, sed al neniu el ili Sinapov havis respondon. Ekde hodiaŭ li devis serĉi la respondojn. Li denove rigardis la foton de Donev, kiu komencis iĝi simpatia al li. En la okuloj de Donev estis io serioza, honesta kaj estiminda. Ordinare viroj kiel li havas modestan bonmoran vivon. Diligente ili laboras en entrepreno, estas afablaj kaj ĝentilaj, estimas siajn kolegojn, konatojn, parencojn, zorgas pri siaj familianoj. Se hazarde ili vivas sole, ili estas tamen iom egoistaj, sed tio ne tro ĝenas iliajn konatojn. Ili havas severajn vivregulojn – en la sama preciza horo ili enlitiĝas nokte, vekiĝas matene ĉiam en la sama horo, matenmanĝas, tagmanĝas kaj vespermanĝas. Ili malofte invitas gastojn hejmen kaj evitas gasti, frue vespere ili revenas hejmen kaj ne ŝatas amuzejojn.

---

8) 곁눈질하다. 슬그머니 보다

벽에는 5월 10일이 표시된 달력이 걸려 있다.

아마 이날 담안 도네브는 집을 떠났다.

시나포브는 부엌에 서서 달력을 슬그머니 쳐다보는 데 몇 가지 질문이 생각을 자극했다.

무엇 때문에 도네브가 아파트를 떠났을까?

어디로 떠났을까, 아니면 정말로 어디로 간 것일까?

아직도 이 도시에 있을까 아니면 다른 어느 지방에 있을까? 누군가에게 떠난다고 알렸을까 아니면 아주 비밀리에 떠났을까? 질문이 잇달아 떠올랐지만, 어느 것에도 시나포브는 대답할 수 없다.

오늘부터 답을 찾아야 했다.

동정심을 불러일으키기 시작한 도네브의 사진을 다시 한번 쳐다보았다. 도네브의 눈에는 진지하고 정직하며 존경할만한 무언가가 있었다. 보통 도네브와 같은 남자는 겸손한 성격의 삶을 살았다. 부지런히 회사에서 일하고 친절하고 예의 바르고 동료, 지인, 친척을 존중하고 가족을 돌본다. 어쩌다가 그들은 혼자 살게 되면 조금 이기적이지만 지인들을 그다지 성가시게 하지는 않는다. 그들은 엄격한 삶의 규칙을 가지고 있다. 밤에 정확히 같은 시간에 잠자리에 들고, 아침에는 항상 같은 시간에 일어나고, 정확히 같은 시간에 아침, 점심, 저녁을 먹는다. 그들은 간혹 손님을 집으로 초대하지만, 손님으로 가는 것은 피하여 이른 저녁에 집으로 돌아오고 오락장은 좋아하지 않는다.

- Ĉu via onklo kutimis drinki aŭ fumi? - demandis Sinapov.

- Li ne drinkis kaj ne fumis, - tuj respondis Bojan.

- Kartludi aŭ havi inklinon al hazardludado?

- Tute ne!

- Mi jam komprenas kia homo li estis kaj mi komencas serĉi lin. Kiam aperos ajna rezulto, mi tuj telefonos al vi.

- Ĉu mi denuncu[9] al la polico, ke iu estis en la loĝejo? - demandis Bojan.

- Nenion oni ŝtelis, ĉu ne?

- Nenion.

- Tiukaze vi prefere ne denuncu, - proponis Sinapov.

- Diru tamen, ĉu via onklo havis iun ŝatokupon? Kion li kutimis fari?

- Li multe legis. Vi vidas sur la planko la librojn, - kaj Bojan montris la disĵetitajn librojn. - Kiam la vetero estis bona, li promenadis. Proksime troviĝas parko kaj li pasigadis en ĝi plurajn horojn, - aldonis Bojan.

- Bone. Dankon. Ni iru. Mi informos vin pri miaj agoj.

Ambaŭ eliris el la loĝejo. Sur la strato Bojan adiaŭis Sinapov.

---

9) 고발하다, 밀고하다, 고자질하다, 일러바치다.

"삼촌이 술이나 담배를 피우셨나요?"
시나포브가 물었다.
"술을 마시거나 담배를 피우지 않으셨습니다."
보얀이 즉시 대답했다.
"카드놀이를 하거나 도박을 좋아하십니까?"
"전혀 아닙니다!"
"나는 삼촌이 어떤 성격의 남자인지 벌써 이해하고 찾기 시작할게요. 어떤 결과가 나오든지 바로 전화할게요."
"누군가 집에 들어왔다고 경찰에 신고할까요?"
보얀이 물었다.
"도난당한 건 없지요?"
"없어요."
"그렇다면 신고하지 않는 편이 더 좋을 것입니다."
시나포브가 제안했다.
"그래도 삼촌이 어떤 취미가 있는지 말해 주세요? 무슨 습관이 있나요?"
"책을 많이 읽습니다. 마루에서 책들을 보셨지요."
그리고 보얀은 흩어져 있는 책을 가리켰다.
"날씨가 좋을 때는 산책하러 가셨지요. 근처에 공원이 있어, 거기서 여러 시간을 보내세요." 보얀이 덧붙였다.
"알겠습니다. 감사합니다. 이제 갑시다. 내 행동에 대해 알려 드릴게요." 둘은 아파트를 떠났다.
거리에서 보얀은 시나포브에게 작별 인사를 했다.

- Pardonu min, - diris Sinapov, - kie ĝuste estas la parko, kiun vi menciis?

Bojan montris permane la direkton.

- Tie, malantaŭ la granda loĝdomo.

- Dankon, - diris Sinapov.

Li iris malrapide en la direkto, kiun montris Bojan. La parko estis tre bela. Sinapov eĉ ne supozis, ke en tiu ĉi parto de la urbo troviĝas tiel alloga parko. La aleoj estis asfaltitaj, ĉie videblis floroj, belaj herbejoj, arboj, arbustoj. En la centro de la parko - lago. Nun je la sesa horo posttagmeze ĉi tie promenadis patrinoj kun infanoj, lernantoj, gemaljunuloj. Viroj, virinoj sidis sur la benkoj, la infanoj ludis, sur la aleoj videbilis biciklistoj. Sinapov ĉirkaŭrigardis. Li deziris vidi kie estas pli maljunaj viroj por proksimiĝi al ili. Ĉe la lago li rimarkis benkon, sur kiu sidis kvar maljunuloj, ĉirkaŭ sepdekjaraj. Ili babilis kaj Sinapov opiniis, ke temas pri amikoj, kiuj kutimis regule venadi ĉi tien. Li proksimiĝis kaj salutis ilin.

- Bonan tagon, sinjoroj. Mi petas pardonon pro la ĝeno[10], sed mi ŝatus demandi vin ĉu hazarde vi ne konas tiun ĉi viron? - kaj li montris la foton de Damjan Donev.

---

10) 고민하다, 괴롭히다, 불편을 느끼게 하다, 불유쾌하게 하다, 방해하다

"실례하지만, 아까 말한 공원이 정확히 어디에 있나요?" 시나포브가 물었다.

보얀이 손으로 방향을 가리켰다.

"저기, 큰 주택 뒤에 있습니다."

"감사합니다." 시나포브가 말했다.

보얀이 가리키는 방향으로 천천히 걸어갔다.

공원은 매우 아름다웠다. 시나포브는 도시의 이 부분에 그렇게 매력적인 공원이 있다고 생각조차 하지 못했다. 공원길은 포장되었고 꽃, 아름다운 초원, 나무, 수풀이 어디에서도 볼 수 있다. 공원의 중심에는 호수가 있다. 지금 오후 6시에 자녀가 있는 어머니, 학생, 노인이 여기를 걷고 있다. 남자, 여자는 벤치에 앉았고 아이들은 놀고, 공원길에서 자전거 타는 사람을 볼 수 있다.

시나포브는 주위를 둘러보았다.

가까이 다가갈 나이든 남자가 어디에 있는지 찾아보기를 원했다.

호숫가에서 약 70세인 네 명의 노인이 공원 의자에 앉아 있는 것을 찾아냈다.

그들이 대화를 나누고 있어 시나포브는 규칙적으로 여기에 오는 친구들이라고 생각했다.

가까이 다가가서 그들에게 인사를 했다.

"안녕하십니까? 어르신. 불편하게 해 죄송합니다만 혹시 이 남자를 모르십니까?"

그리고 담얀 도네브의 사진을 보여주었다.

La kvar viroj en unu sama momento proksimigis kapojn al la foto. Dum minuto ili strabis al ĝi kaj unu el la viroj diris:

– Jes, mi konas lin, sed mi ne konas lian nomon. Li ofte venis en la parkon, tamen delonge mi ne vidis lin ĉi tie.

– Ĉu iam vi konversaciis kun li? – demandis Sinapov.

– Neniam. Ŝajne li estis tre silentema kaj kun neniu konversaciis.

– Dankon, – diris Sinapov, sed alia viro ekparolis.

– Mi same ofte vidis lin kaj mi rimarkis, ke de tempo al tempo li trinkas kafon tie, en la kafejo, kaj li parolas kun la junulo, kiu alportas la kafon, – diris la viro kaj montris la kafejon, kiu troviĝis je kvindek metroj dekstre de la lago.

Sinapov dankis al li kaj ekiris al la kafejo. Kelkaj tabloj staris ekstere kaj homoj sidis ĉe ili. La kafejo estis memserva kaj Sinapov eniris por mendi kafon. Tre simpatia[11] junulo servis la kafon. Alta sveltstatura, li estis verŝajne dudekkvinjara, kun bluaj okuloj. Rapide li priservis la klientojn kaj rideto lumigis lian iom brunkoloran, kiel bone bakita pano, vizaĝon.

Sinapov petis kafon. Li kutimis trinki ĝin sen sukero.

---

11) simpatio 공감, 동정, 호의

네 명의 노인들이 동시에 사진을 향해 고개를 돌렸다. 잠깐 그것을 쳐다보다가 그들 중 한 명이 말했다.

"예, 얼굴은 알지만 이름은 몰라요. 그 사람은 자주 공원에 왔는데 오랫동안 여기서 보지 못했네요."

"언젠가 얘기를 나눈 적이 있으십니까?" 시나포브가 물었다.

"전혀 없었어요. 매우 조용해 보였고 아무와도 대화하지 않았어요."

"감사합니다." 시나포브가 말하자 다른 노인이 말을 걸었다.

"나도 자주 봤는데 때때로 카페에서 커피를 마시고 커피를 가져오는 청년과 말하는 것을 알아요." 노인은 호수의 오른쪽으로 50m 떨어진 카페를 가리키며 말했다.

시나포브는 그들에게 감사하고 카페로 출발했다.

몇 개의 탁자가 밖에 있어 사람들이 거기에 앉아 있었다. 카페는 셀프서비스였고 시나포브는 커피를 주문하기 위해 들어갔다.

아주 친절한 청년이 커피를 제공했다.

키가 크고 날씬한 푸른 눈을 가진 아마 25살 정도였다. 재빨리 손님을 맞이하며 짓는 작은 웃음이 잘 구운 빵처럼 약간 갈색 얼굴을 비추었다. 시나포브가 커피를 주문했다. 보통 무설탕 커피를 마셨다.

Kiam la junulo donis al li tason da kafo, Sinapov elprenis la foton de Damjan Donev kaj demandis:

– Ĉu vi konas tiun ĉi viron?

La junulo alrigardis la foton, poste levis la kapon kaj fiksrigardis Sinapov suspekteme.

– Kial vi interesiĝas?

– Li estas mia amiko, – respondis Sinapov.

– Ne, – ekridetis iom ironie la junulo. – Li ne havis amikojn, neniam mi vidis lin kun amikoj.

– Do. Tio signifas, ke vi tamen vidis lin.

– Jes, de tempo al tempo, sed kial vi interesiĝas pri li? – demandis denove la junulo kaj nun Sinapov rimarkis en liaj okuloj maltrankvilon kaj zorgemon.

– Mi estos sincera, – diris Sinapov. – Tiu ĉi viro malaperis senspure kaj jam ekde la tuta monato neniu scias ion ajn pri li. Ĉu li vivas, ĉu li mortis, ĉu li kaŝas sin antaŭ iu ie? Mi estas privata detektivo kaj lia parenco komisiis al mi trovi lin aŭ solvi la enigmon pri lia subita malapero.

– Bone, – diris la junulo. – Mi vidis kaj eblas diri, ke mi iom konis lin. Tiu ĉi kafejo estas mia kaj jam de kelkaj jaroj mi estas ĉi tie. Li ofte venadis ĉi tien, kutime posttagmeze je la kvara horo, mendis kafon kaj sidiĝis ĉe tiu ĉi tablo, en la angulo, ĉe la fenestro,

청년이 커피 한 잔을 줄 때 시나포브는 담얀 도네브의 사진을 꺼내 "이 남자를 압니까?" 하고 물었다.

청년은 사진을 쳐다본 뒤 고개를 들고 시나포브를 의심의 눈빛으로 쳐다보았다.

"무슨 이유입니까?"

시나포브는 "내 친구입니다." 라고 대답했다.

"아니요, 그분은 친구가 없고 한 번도 친구랑 같이 오신 것을 본 적이 없어요." 하고 청년은 살짝 비꼬듯이 웃었다.

"그럼 그 말은 이 분을 보았다는 말이네요."

"예, 때때로, 그런데 무슨 이유가 있나요?" 하고 다시 청년이 물었는데 눈에는 불안과 걱정이 있음을 시나포브는 알아차렸다.

"솔직히 말할게요." 시나포브가 말했다.

"이 분은 흔적도 없이 사라졌고 벌써 한 달이 넘도록 살았는지 죽었는지 어딘가에 숨었는지 아무도 알지 못합니다. 나는 사립탐정인데, 그분의 친척이 내게 찾거나 갑작스러운 실종의 수수께끼를 풀어달라고 일을 맡겼어요."

"알겠습니다." 청년이 말했다. "저는 그분을 조금 알고 있다고 말할 수 있습니다. 이 카페는 제 것이고 수년 동안 여기에 있었죠. 그분은 자주 여기에 왔습니다. 보통 오후 4시에 커피를 주문하고 창가 구석의 이 자리에 주로 앉았습니다."

– kaj la junulo montris la tablon en la angulo de la kafejo. – Ĉiam li estis sola. Li sidis, trinkis la kafon, observis la homojn en la kafejo kaj post unu horo foriris. Kiam la vetero estis malbona, malvarma aŭ pluvis, li restis en la kafejo unu horon kaj duonon.

Iel nesenteble ni komencis konversacii pri la vetero, pri la tagaj novaĵoj, kiujn ni aŭdis de la televido··· Li estis inteligenta kaj afabla persono, sed neniam li diris kie li loĝas aŭ pri kio li laboris. Certe li estis pensiulo kaj loĝis sola, ĉar kiel mi jam diris, neniam mi vidis lin kun amikoj aŭ konatoj.

– Kiam lastfoje li estis ĉi tie? – demandis Sinapov.

– Kiel vi diris, antaŭ unu monato. Ekde tiam mi ne plu vidis lin. Mi opiniis, ke li malsaniĝis aŭ plej terure, ke li forpasis. Vere li mankas al mi kaj eĉ nun mi kvazaŭ vidas lin tie, en la angulo, trinki malrapide la kafon, ĝuante ĝian aromon. Lastfoje, kiam li venis ĉi tien, mi rimarkis, ke li estas maltrankvila. Li eĉ ne salutis min, mendis la kafon, rapide fortrinkis ĝin kaj restis en la kafejo nur kelkajn minutojn. Dume li ofte-oftege rigardis tra la fenestro kvazaŭ dezirante vidi ĉu iu estas ekstere. Lia konduto estis tre stranga, sed tiam mi ne multe atentis tion. En la kafejo estis klientoj kaj mi rapidis priservi ilin.

하고 청년은 카페 구석의 탁자를 가리켰다.

"항상 혼자 오셔서, 앉아서 커피를 마시고, 카페에 있는 사람들을 살펴보고 한 시간 뒤 가셨습니다. 날씨가 흐리거나, 춥거나, 비가 오면, 한 시간 반 정도 카페에 머물렀습니다. 어느 사이에 우리는 날씨에 대해, 텔레비전에서 들은 하루 뉴스에 관해 이야기하기 시작했습니다. 그분은 교양있고 친절한 사람이었지만, 어디 사는지 무엇을 하는지 말씀하지 않았습니다. 확실히 그분은 연금 수급자였고 혼자 살았습니다. 왜냐하면, 제가 이미 말했듯이 친구나 지인과 함께 있는 것을 본 적이 없기 때문입니다."

"마지막으로 여기 있었던 게 언제였죠?" 시나포브가 물었다. "말씀하셨듯, 한 달 전입니다. 그때 이후 그분을 본 적이 없어요. 저는 병에 걸렸거나 가장 끔찍하게는 돌아가셨다고 생각했죠. 정말 보고 싶고 지금도 구석에서 천천히 커피를 마시며 그 향기를 즐기는 모습을 보는 듯합니다. 그분이 마지막으로 여기에 왔을 때 걱정하고 있다는 것을 알아차렸어요. 인사도 안 나누고 커피를 주문하고 서둘러 마시고 단 몇 분 정도 카페에 머물렀습니다. 그러는 동안 마치 누가 밖에 있는지 보기 원하듯이 아주 여러 번 창문을 쳐다보았어요. 그분의 행동은 매우 이상했지만, 그때 세심한 주의를 기울이지 못했습니다. 카페에 손님이 있어서 응대하느라 바빴거든요.

Mi eĉ ne rimarkis kiam li foriris. Li ne diris "ĝis revido" kiel kutime.

– Dankon, – diris Sinapov. – Vi multe helpis min. Tamen mi devas trinki mian kafon, ĝi iĝis tute malvarma, estos friska kafo.

Sinapov prenis la tason kaj iris al la tablo en la angulo, kie kutimis sidi Damjan Donev. En la kafejo regis silento. Sur la muroj pendis tri grandaj bildoj – maraj pejzaĝoj. Sur la unua estis pentrita la konata mara urbo Sozopol kun la malnovaj renesancaj domoj kaj la mara bordo. Sur la alia – troviĝis nur la maro, senfina, blua, trankvila kaj ie ĉe la fono – soleca ŝipo. Tiu ĉi soleca ŝipo vekis en Sinapov asociitaĵon[12] pri Damjan Donev. Donev same kiel la ŝipo estas sola en la vivo. Kie nun li vagas, aŭ kien portis lin la ondoj de la vivo, ĉu iam li trovos havenon aŭ ĉu la ondoj ĵetos lin sur dezertan bordon?

La tria bildo prezentis tagiĝon, la sunon kiu leviĝas, kvazaŭ elnaĝas el la ondoj kaj ruĝa pado sterniĝas sur la matena maro. Tiu ĉi bildo elradiis trankvilon kaj en ĝi estis pli da espero. La bildoj aldonis agrablan etoson al la kafejo. Ĉi tie estis silente, trankvile kaj la homo povis profundiĝi en siaj pensoj kaj sentoj.

---

12) asocii <他> 연합하다, 합동하다: 사귀다.

저는 심지어 떠나신 것도 눈치채지 못했습니다. 그분은 평소처럼 '잘있어!'라는 말씀도 하지 않았어요."

"감사합니다." 시나포브가 말했다.

"큰 도움이 되었어요. 하지만 다 식은 커피를 마셔야 하네요. 신선한 커피가 될 겁니다."

시나포브는 잔을 들고 담얀이 자주 앉던 구석에 있는 탁자로 갔다. 카페는 조용했다.

벽에는 바다 풍경이 그려진 커다란 그림 3점이 걸려 있다. 한 점은 오래된 르네상스 시대 주택과 해안가를 배경으로 유명한 해양도시 소조폴이 그려져 있고, 다른 한 점은 끝이 없이 파랗고, 고요한 바다만 그려져 있다.

그리고 배경 어딘가에 외로운 배가 보인다. 이 외로운 배는 시나포브에게 담얀 도네브에 관한 연상을 불러일으켰다.

담얀 도네브도 배와 마찬가지로 인생에서 혼자였다.

지금 어디에서 방황하고 있을까 혹은 삶의 파도가 어디로 데려갔을까, 아니면 언젠가 항구를 찾을 것인가 혹은 파도가 사막 해안으로 내던질까?

세 번째 그림은 마치 파도에서 헤엄쳐 나온 해가 떠오르는 것처럼 새벽을 보여주는데, 붉은 길이 아침 바다에 펼쳐져 있다. 이 그림은 잔잔하고 더 많은 희망을 나타낸다. 그림들이 카페에 멋진 분위기를 더했다.

여기가 조용하고 평안해서 남자는 사색과 감정을 깊게 할 수 있었다.

"Kial Damjan estis maltrankvila en la tago, kiam li lastfoje venis ĉi tien?" demandis sin Sinapov. "Kaj kial li ofte-oftege rigardis tra la fenestro? Kion li deziris vidi ekstere aŭ ĉu li atendis iun kiu venu? Eble li devis renkontiĝi kun iu ĉi tie kaj li atendis la personon? Aŭ ĉu ekstere okazis io, kio interesis lin?"

Ankaŭ Sinapov rigardis tra la fenestro. De ĉi tie bone videblis granda parto de la parko. Li fortrinkis la kafon, ekstaris, diris "ĝis revido" al la juna posedanto de la kafejo kaj eliris.

'담얀이 마지막으로 여기 온 날 왜 불안했을까?' 시나포브는 궁금했다.

'그리고 왜 그렇게 자주 창밖을 내다보았을까? 밖에서 무엇을 보고 싶었을까 아니면 누군가가 오기를 기다리고 있었을까? 아마 여기서 누군가를 만나야 해서 그 사람을 기다리고 있었을까? 아니면 밖에 관심을 쏟을 만한 무슨 일이 생겼을까?' 시나포브도 창밖을 내다보았다. 여기에서 공원의 대부분이 잘 보였다. 커피를 다 마시고 일어나서 카페 주인인 청년에게 "잘 있어요!" 하고 인사한 뒤 카페를 나섰다.

3.

La restoracio Dionizo estis preskaŭ plena. Ĝi troviĝis en urbocentro kaj multaj homoj vizitis ĝin, sed la plimulto de ĝiaj vizitantoj estis riĉuloj. Kelkaj el ili posedis firmaojn, kies agado estis tre sukcesa. Aliaj estis altrangaj ŝtataj oficstoj, sed venadis ankaŭ personoj, kies okupoj ne estis tre klaraj kaj pri si mem ili diris, ke ili estas estroj, sed neniu sciis kion ili estras. Ili tamen havis multe da mono kaj malavare elspezis ĝin. Ĉiam akompanis ilin elegantaj fraŭlinoj, kiuj mendis la plej bongustajn specialaĵojn de la restoracio kaj la plej multekostajn trinkaĵojn.

Ĉi-vespere ĉe unu pli longa tablo sidis Grafo, ĉirkaŭ tridektrijara, alta, forta, vestita en moda blanka kostumo kun silikkolora ĉemizo kaj helverda kravato. Li trinkis viskion kaj de tempo al tempo li interŝanĝis kelkajn vortojn kun du junuloj, kiuj sidis apud li.

Kontraŭ li, ĉe la tablo, sidis tri junulinoj, mode vestitaj, kies palaj vizaĝoj estis perfekte ŝminkitaj. La junulinoj ne ĉesis babili kaj laŭte ridi. Du el ili trinkis la koktelon la Blua Princino kaj la alia – viskion.

Grafo supraĵe aŭskultis ilian sensencan babiladon kaj foj-foje diris iun banalan ŝercon.

3. 디오니조 식당

디오니조 식당은 거의 꽉 찼다. 그것은 시내 중심가에 있어 많은 사람이 찾지만, 손님 대부분은 부자였다.

그들 중 일부는 매우 성공적인 성과를 내는 회사를 소유하고 있다.

다른 사람들은 국가 고위 공무원들이고, 자신들은 관리자라고 말했지만, 그들이 무엇을 관리하는지 아무도 모르는, 직업이 확실하지 않은 사람도 온다.

그래도 재산이 많아서 아낌없이 돈을 사용했다. 그들은 항상 예쁜 아가씨들을 동반했는데, 식당에서 가장 맛있는 특선 요리와 가장 비싼 음료수를 주문했다.

오늘 밤 꽤 긴 탁자 중 하나에 약 33세의 키가 크고 건장한 **그라포**가 회색 셔츠와 연한 녹색 넥타이에 세련된 흰색 정장을 입고 앉아있다.

위스키를 마시고 때때로 옆에 앉아있는 두 명의 젊은이와 몇 마디 말을 나눈다.

반대편 탁자에는 세 명의 아가씨가 앉아있는데, 화장을 진하게 해서 하얗게 된 얼굴에 최신 유행의 옷을 입고 있다.

아가씨들은 수다를 그치지 않고 크게 웃었다.

그들 중 두 명은 칵테일 '블루 프린세스'를, 다른 한 명은 위스키를 마셨다. 그라포는 겉으로 보기에는 무의미한 수다를 들으면서 때때로 케케묵은 농담을 했다.

La junulinoj kvazaŭ nur tion atendis kaj ĥore tondre ridis. Post ĉiu ilia rido en la ŝtalkoloraj okuloj de Grafo aperis fiereco kaj lia mieno iĝis gravaspekta.

En la restoracion eniris junulo, kiu atente trarigardis la homojn ĉi tie. Kiam li ekvidis Grafon kaj lian kompanion, li rapide proksimiĝis al la tablo, ĉe kiu ili sidis.

– Saluton, Grafo, – diris la junulo. Li estis ĉirkaŭ tridekjara, malalta, iom dika, kun vizaĝo simila al futbala pilko, la nazo – kiel beko, la lipharoj kaj okuloj kiel nigraj ŝtonetoj.

– Saluton, Beko, – diris Grafo kaj turnis sin al la junuloj, kiuj sidis ĉe li. – Kiro kaj Marin, faru lokon, Beko sidiĝu apud mi.

Kiam Beko ekokupis la sidlokon ĉe Grafo, Grafo demandis lin iom mallaŭte:

– Kio okazis? Ĉu la maljunulo revenis?

– Ne. Mi bone trarigardis la loĝejon kaj serĉis ion por ekscii kien li iris.

– Kaj?

– Nenion mi trovis, – diris Beko.

– Ĉu? – Grafo iom malkontente rigardis lin. – Kion ci drinkos? – demandis li.

– Viskion, – respondis Beko.

아가씨들은 마치 그것을 기다렸다는 듯 우레 같은 합창을 하며 웃었다.

이런 웃음이 있고 나서, 그라포의 강철색 눈에는 교만함이 나타났고 태도는 신중하게 보였다.

어떤 젊은이가 이곳 사람들을 주의 깊게 살피며 식당 안으로 들어왔다.

그라포와 일행들을 보고 그들이 앉아 있는 탁자로 재빠르게 다가왔다.

"안녕? 그라포!" 젊은이가 인사했다.

30살 정도에 키가 작고 조금 뚱뚱하며 얼굴은 축구공처럼 둥글고 코는 새 부리 같으며 콧수염과 눈은 검은 자갈을 담았다.

"안녕, 베코!" 하고 그라포는 인사하고 옆에 앉아 있는 젊은이들에게 눈을 돌렸다.

"키로와 마린, 자리를 만들어 주어라. 베코는 내 옆에 앉아라."

베코가 자기 옆에 자리를 잡자 그라포는 조금 작은 소리로 "무슨 일이야? 노인이 돌아왔어?" 하고 물었다.

"아냐. 아파트를 잘 둘러 살펴보았고 노인이 어디로 갔는지 알아보기 위해 무언가를 찾았어."

"그래서?" "아무것도 찾지 못했어." 베코가 말했다.

"그래?" 그라포는 조금 불쾌하게 쳐다보았다.

"무엇을 마실래?" 하고 물었다.

"위스키." 베코가 대답했다.

Grafo vokis la kelneron kaj mendis viskion.

– Mi regalos ĉiujn ĉe la tablo per viskio, – anoncis Grafo.

La kelnero humile klinis la kapon kaj ekrapidis plenumi la mendon. Postnelonge li venis kun la glasoj da viskio kaj priservis ĉiujn ĉe la tablo. Grafo levis sian glason kaj diris:

– Je la sano de ĉiuj ĉi tie. Sciu, ke ĉiu, kiu estimas Grafon, havos ĉion, kion li deziras. Grafo zorgos pri vi.

Ĉiuj, sidantaj ĉe la tablo, diris:

– Je via sano, Grafo.

그라포는 종업원을 불러 위스키를 주문했다.

그라포는 "탁자에 앉은 모든 사람에게 위스키를 대접하겠습니다." 하고 알렸다.

종업원은 공손하게 고개를 숙여 인사하고 주문을 처리하려고 서둘렀다.

곧 위스키 잔을 가지고 와서 탁자에 앉은 모든 손님에게 제공했다.

그라포는 잔을 들고 "여기 계신 모든 분의 건강을 위하여, 제게 감사하는 사람은 누구나 자기가 원하는 것을 가진다는 것을 아세요. 제가 여러분들을 잘 돌볼 것입니다." 하고 말했다.

탁자에 앉아 있는 모든 사람이 "그라포님의 건강을 위하여" 라고 말했다.

4.

Sinapov bone sciis, ke ne estas facile trovi malaperintajn homojn. Tio postulis longan tempon, paciencon, plurajn renkontiĝojn kun diversaj personoj kaj detalajn esplorojn.

Antaŭ jaroj malaperis sepjara knabo. Vesko estis lia nomo. Post longa serĉado la polico ne trovis lin kaj la gepatroj petis Sinapov transpreni la serĉadon. Li komencis espiori la okazintaĵojn. Vesko malaperis en unu somera tago antaŭtagmeze. Li kaj kelkaj liaj amikoj ludis ĉe la eta rivero Pliska, kiu fluis tra la urbo. Je la tagmezo la knaboj revenis hejmen. Ankaŭ Vesko ekiris hejmen, sed li ne revenis. Ie survoje li malaperis. Neniu sciis kio okazis al li. Oni vane serĉis lin. Dum du monatoj la polico esploris ĉiujn eblojn. La supozoj estis: katastrofo, murdo, fortreno.[13] Oni pridemandis la amikojn de Vesko kaj plurajn personojn. Same Sinapov longe okupiĝis pri la malapero de Vesko, sed ne trovis lin. Evidente Vesko estis fortrenita kaj veturigita eksterlanden.

Nun Sinapov meditis pri la malapero de Damjan Donev kaj pripensis la diversajn kialojn.

---

13) tren-i (무거운 것을)끌다;(발. 꼬리 등을) 질질 끌다;질질 끌리며 살다

4. 시나포브의 아내 릴리

시나포브는 실종된 사람들을 찾기가 쉽지 않다는 것을 잘 알고 있다.

오랜 시간, 인내심, 다양한 사람들과 여러 차례의 만남 그리고 세부조사가 필요하다.

몇 년 전에 7살 소년이 사라졌다.

이름이 **베스코**였다.

오랜 수색 끝에 경찰은 찾지 못했고 부모님은 시나포브에게 수색을 맡아달라고 요청했다. 발생 사건을 조사하기 시작했다.

어느 여름날 오전에 베스코는 사라졌다.

베스코와 몇몇 친구들은 도시를 관통해서 흐르는 작은 **플리스카 강**에서 놀았다. 정오에 친구들은 집으로 돌아왔다. 베스코도 집으로 출발했는데 그러나 집에 돌아오지 않았다. 길 어딘가에서 사라졌다. 무슨 일이 일어났는지 아무도 몰랐다. 찾느라 헛수고만 했다. 두 달 동안 경찰은 모든 가능성을 조사했다. 가정은 재난사고, 살해, 납치였다. 베스코의 친구들과 몇몇 다른 사람들에게 질문했다. 시나포브도 베스코의 실종에 대해 오랫동안 수고했지만 찾지 못했다. 분명히 베스코는 납치되어 해외로 떠난 것 같았다. 이제 시나포브는 담얀 도네브의 실종에 대해 생각하면서 여러 가지 이유를 찾아보았다.

Vesko estis infano, sed Donev – aĝa viro kaj Sinapov ne trovis logikan kialon pri lia malapero.

Estis oka horo vespere, kiam Sinapov venis hejmen. Lili, lia edzino, kaj la infanoj Katja kaj Milko atendis lin por vespermanĝo. Kiam Sinapov malfermis la pordon de la loĝejo, Lili stariĝis antaŭ li kaj iom riproĉe diris:

– Vi denove malfruis. Ni atendas vin por vespermanĝo.

– Pardonu min, sed hodiaŭ mi havis gravan laboron, – diris Sinapov.

– Ĉiutage vi havas gravajn laborojn, – replikis[14] lin Lili. – Kiam vi estis esplorjuĝisto, vi ĉiam revenis hejmen je la sesa horo posttagmeze kaj neniam vi malfruis.

Lili estis blondharara kun mielkoloraj okuloj. Ŝi estis instruistino pri matematiko en gimnazio, komprenis la respondecplenan laboron de Janko, sed ŝi deziris, ke li havu pli da tempo por la familio kaj infanoj. Milko – la filo estis deksesjara kaj Kati – la filino – dekdujara. Milko jam estis gimnaziano kaj pli ofte bezonis la helpon de la patro. Tial Janko devis havi pli da libera tempo por li.

---

14) 응답(應答)하다, 응수(應酬)하다

베스코는 어린이고, 도네브는 노인이다.

시나포브는 실종에 대한 논리적 이유를 찾지 못했다.

시나포브가 집에 돌아온 것은 저녁 8시였다.

아내 **릴리**와 자녀 **카탸**와 **밀코**는 저녁 식사하려고 아빠를 기다렸다.

시나포브가 아파트 문을 열자, 릴리는 앞에 서서 약간 책망하며 "또 늦으셨네요.

우리는 저녁 식사하려고 기다리고 있어요."

하고 말했다.

"용서하세요. 하지만 오늘은 중요한 일이 있었어요."

시나포브가 말했다.

"매일 당신은 중요한 일이 있죠."

아내가 대답했다.

"당신이 수사 판사였을 때는 항상 오후 6시에 집에 돌아왔고 한 번도 늦은 적이 없었어요."

아내는 벌꿀 빛깔 눈에 금발 머리카락을 가졌다.

아내는 고등학교에서 수학교사이고,

얀코의 책임감 있는 일 처리를 이해했지만,

가족과 아이들을 위해 더 많은 시간을 갖길 바랐다.

아들 밀코는 열여섯 살이고 딸 카티는 열두 살이었다.

밀코는 이미 고등학생이었고 더욱 자주 아버지의 도움이 필요했다.

그래서 얀코는 그들을 위해서라도 자유로운 시간을 가져야 했다.

Ĉi-vespere Lili kuiris bongustan vespermanĝon – terpomojn[15] kun viando kaj la kvaropo apetite komencis la manĝadon.

Lili silentis kaj Sinapov bone komprenis, ke ŝi iom koleras pri li. Al Lili ne plaĉis, ke li estas privata detektivo. Ofte ŝi diris, ke li devis ne forlasi sian antaŭan postenon de esplorjuĝisto. Ja, ĝi estis ŝtata laboro kun regula salajro, ĉiujaraj ferioj. Sinapov ĉiam klarigis al ŝi, ke la iama laboro de esplorjuĝisto estis kancelaria[16] laboro. Li devis pasigi ĉiutage ok tedajn horojn en la fermita kancelario. Tie li havis ĉefojn, kiuj ne ĉiam sciis kion ĝuste ili deziris, sed li devis subiĝi al ili kaj plenumi iliajn ordonojn. Li ne sentis sin libera kaj devis solvi multajn burokratismajn taskojn, kiuj ofte ne havis sencon.

Laŭ Lili la laboro de privata detektivo estas maldeca: gvati[17] la vivon de la homoj, espori iliajn konfliktojn, kverelojn, ĵaluzojn, kokrojn[18], serĉi la kulpantojn, pretigi pruvojn pri iliaj malhonestaj agoj aŭ serĉi personojn, kiuj malaperis, kiuj deziris forkuri aŭ kaŝi sin de antaŭ justicaj[19] organoj.

---

15) 감자
16) 관방(官房), 비서실(秘書室)
17) 몰래 주의하여 보다(동정·기회 등을), 감시(監視)하다, 망보다.
18) kokri (기혼자가) 사통(私通)하다
19) justico 사법(司法), 법무(法務)

오늘 밤 릴리는 맛있는 저녁으로 고기가 있는 감자요리를 준비했다.

넷이 식욕을 돋우며 식사를 시작했다.

릴리는 조용했고 시나포브는 아내가 약간 화가 났음을 아주 잘 이해했다.

릴리에게는 사립탐정이 맘에 들지 않았다.

아내는 전직 수사 판사의 자리를 떠나서는 안 된다고 자주 말했다.

사실, 그것은 정규 급여, 휴가를 받는 국가 직업이었다.

시나포브는 항상 아내에게 수사 판사의 일상 업무는 관공서 업무라고 설명했다.

매일 닫힌 관공서에서 8시간의 지루한 시간을 보내야 했다.

그곳에는 원하는 것을 정확히 알지 못하는 간부들이 항상 있고 그들에게 복종하고 명령을 수행해야 했다.

자유로움을 느낄 수 없었고 종종 말도 안 되는 많은 관료적 업무를 해결해야만 했다.

릴리에 따르면 사립탐정의 일은, 사람들의 삶을 감시하고, 그들의 갈등, 다툼, 질투, 간통을 조사하고, 범인을 찾고, 그들의 부정직한 행동의 증거를 준비하거나 실종된 사람이나 사법 기관에서 도망치거나 숨고 싶은 사람을 찾는 일처럼 부당하다.

Lili eble pravis, sed ŝi ne komprenis, ke la homoj venis al Sinapov kaj petis helpon de li. La socio bezonas tiun ĉi profesion.

Oni devas ne permesi al la krimuloj plenumi siajn krimajn planojn, devas ne toleri la mensogojn, la perfidojn.

Kiam iu ano de familio, ĉu infano aŭ maljunulo, malaperas, iu devas helpi trovi lin aŭ ŝin.

Post la vespermanĝo Janko kaj Lili sidiĝis antaŭ la televidilo. Milko kaj Katja foriris en siajn ĉambrojn kaj ili verŝajne startigis komputilojn. Tre multe da tempo ili pasigis antaŭ la komputiloj kaj tio tute ne plaĉis al Janko. Multfoje li avertis ilin, ke gapi al la komputilekrano damaĝas la okulojn, sed ili ne multe atentis liajn konsilojn.

De la televido juna ĵurnalistino informis, ke hodiaŭ okazis terura murdo en oficejo de konstrufirmao. Tien eniris mezaĝa viro, kiu komencis kvereli kun la estro de la firmao. Verŝajne la estro ŝuldis al la viro monon kaj jam de multe da tempo li ne redonis ĝin. La viro estis tre kolera, dum la kverelo li elprenis pistolon kaj mortpafis la estron de la firmao, tridekjaran junulon.

– En terura mondo ni vivas, – diris Janko. – Iamaniere oni devas kontraŭstari al tiu ĉi agresemo kaj krueleco.

릴리가 옳았을지 모르지만, 아내는 사람들이 시나포브한테 와서 도움을 구한다는 것을 이해하지 못했다.

사회에는 이 직업이 필요하다.

범죄자가 범죄 계획을 실행에 옮기도록 허용해서는 안 되고 거짓말이나 배신을 용인해서도 안 된다.

어린이든 노인이든 가족의 누군가가 사라지면 찾는 데 도와야 한다.

저녁 식사 뒤 얀코와 릴리는 TV 앞에 앉았다.

밀코와 카탸는 방으로 들어가서 아마 컴퓨터를 시작했을 것이다.

그들은 컴퓨터 앞에서 시간을 아주 많이 보냈고, 얀코는 그것을 전혀 좋아하지 않았다.

컴퓨터 화면을 오래 쳐다보면 눈에 손상을 입힐 수 있다고 여러 번 경고했지만, 충고에 크게 귀를 기울이지 않았다. 텔레비전에서 한 젊은 여기자가 오늘 끔찍한 살인 사건이 건설 회사의 사무실에서 발생했다고 보도했다. 중년 남자가 거기에 들어와서 회사 책임자와 다투기 시작했다. 아마 사장은 그 남자에게 많은 돈의 빚을 졌을 것이고 이미 꽤 오랜 시간 그것을 돌려주지 않았을 것이다. 그 남자는 매우 화가 나서, 싸우다가 주머니에서 총을 꺼냈다.

총을 쏘아 회사의 대표인 서른 살의 젊은이를 죽였다.

"우리는 끔찍한 세상에 살고 있어요. 어쨌든 이 침략과 잔인함에 저항해야 해요." 하고 얀코가 말했다.

"Konstante okazas murdoj, rabado, ŝteloj," meditis Janko. "La homoj ne plu estas toleremaj. Malamo, ĵaluzo, krueleco regas ilin. Kvazaŭ serpentoj nestas en iliaj koroj. Oni suspektas unu la alian, minacas unu la alian kaj ofte perforte solvas la konfliktojn. Kiel eblas, ke la homoj estu pli bonkoraj?

Ĉu la edukado, klerigado estas la solvo?"

'살인, 약탈, 강도가 끊임없이 일어난다.'고 시나포브는 깊이 묵상했다.

'사람들은 예전과 다르게 더 관대하지 않다. 증오, 질투, 잔인함이 그들을 장악한다. 마치 뱀이 그들 마음에 또아리를 튼 것 같다. 그들은 서로 의심하고 서로 위협하며 자주 폭력적인 방법으로 갈등을 해결한다. 사람들이 어떻게 더 친절해질 수 있을까? 교육과 계몽이 그 해결책일까?'

5.

Hodiaŭ matene Janko Sinapov pli frue venis en la kontoron. Li sidiĝis ĉe la skribotablo, elprenis la notlibreton de Damjan Donev, kiun donis al li Bojan, la nevo, kaj komencis trafoliumi ĝin. Atente Sinapov legis la nomojn de diversaj viroj kaj virinoj en la notlibreto, rigardis la telefonnumerojn kaj meditis: "Kio fakte estas la homo? Ni naskiĝas, kreskas, lernas, komencas labori, konatiĝas kun multaj homoj, pasigas kun ili pli mallongan aŭ pli longan tempon, havas familion, infanojn kaj post dekoj da jaroj ni malaperas por ĉiam. Nenio restas de ni. La homoj, kiuj konis nin, forgesas nin, forgesas la koloron de niaj okuloj, de nia hararo, forgesas niajn kutimojn, nian voĉon. De ni restas nur nomo en notlibreto, kiu nenion signifas. Post iom da tempo ĝi same malaperas kaj neniu plu scias, ke iam ni vivis, ke ni havis revojn, ideojn, ke ni deziris fari ion en la vivo, laboris, strebis pri io bona. La homa vivo vere estas granda iluzio, sed ni, la homoj, eble ne povas vivi sen iluzioj. La iluzioj konstante logas nin kaj dum la tuta vivo ni kursekvas, persekutas[20] iun iluzion. Jen, la onklo de Bojan malaperis.

---

20) (특히 이교도 등을) 박해(迫害)하다, 학대하다, 짓궂게 따라 다니다

5. 게오르기 니코브

오늘 아침 얀코 시나포브는 평소보다 일찍 사무실에 나왔다.

책상에 앉아 담얀의 조카 보얀이 준 담얀 도네브의 수첩을 꺼내 훑어보기 시작했다.

시나포브는 신중하게 수첩에 있는 다양한 남녀이름을 읽고 전화번호를 쳐다보더니 생각에 빠져들었다.

'정말 사람은 무엇인가?

우리는 태어나고, 성장하고, 배우고, 일을 시작하고, 많은 사람을 사귀고, 짧거나 긴 시간을 보내며 가족을 이루고 자녀를 낳고 수십 년 뒤에 우리는 영원히 사라진다.

아무것도 남은 것이 없다.

우리를 아는 사람들은 우리를 잊고 우리의 눈, 머리카락 색깔도 잊고, 습관과 목소리를 잊는다.

우리에게는 수첩에 아무 의미도 없는 이름만 남는다. 잠시 후 그것도 사라지고 우리가 언젠가 한 번 살았고, 꿈과 이상을 가졌고, 인생에서 무언가를 하고 싶었으며, 일했고, 무언가 좋은 것을 위해 노력했음을 아무도 알지 못한다.

인간의 삶은 정말 큰 환상이다.

그러나 우리 인간은 환상 없이는 살 수 없다.

환상은 끊임없이 우리를 매료시키고 우리는 평생 어떤 환상을 따라 달려가고 추구한다.

Jam tutan monaton oni ne scias kie li estas aŭ ĉu li vivas, sed Bojan kredas, ke li estas viva kaj deziras nepre trovi lin. Tamen ĉu la onklo kontentos se Bojan trovos lin? Ĉu la onklo ne deziris forkuri de la ĉiutagaj zorgoj, de la teda kaj enua vivo de pensiulo? Ni deziras fari bonon al iu, sed ĉu por li tio estas bono? Ĉu ni bone komprenas kion deziras la homoj, kiujn ni konas, kun kiuj ni loĝas? Ĉu tio same ne estas iluzio, kiam ni deziras fari ion bonan aŭ helpi la homojn kun kiuj ni estas?"

Sinapov legis la nomojn en la notlibreto: Boris Kolev, Georgi Nikov, Elena Kostova, Ljuben Vladov, Nikoleta Filipova··· "Kiaj homoj estas malantaŭ tiuj ĉi nomoj? Kie ili loĝas? Kie ili laboras? Ĉu iuj el ili vivas?" demandis sin Sinapov.

Li elektis unu nomon, Georgi Nikov, kaj telefonis.

– Halo! – diris vira voĉo.

– Ĉu sinjoro Nikov? – demandis Sinapov.

– Jes.

– Mi estas Janko Sinapov, privata detektivo. Mi ŝatus renkontiĝi kun vi kaj paroli pri Damjan Donev, kiu subite malaperis antaŭ unu monato. Mi supozas, ke vi estas lia amiko, ĉar mi trovis vian telefonnumeron en lia notlibreto.

여기 보얀의 삼촌이 사라졌다. 한 달 동안 어디에 있는지, 혹은 살았는지 아무도 모른다. 그러나 보얀은 살아있다고 믿고 꼭 찾고 싶어 한다.

하지만 보얀이 삼촌을 찾는다면 삼촌은 좋아할까? 삼촌은 매일의 걱정, 연금 수령자의 지루하고 지겨운 삶에서 멀리 도망치고 싶지 않았을까?

우리는 누군가에게 선(善)을 행하고 싶지만, 그것이 그 사람에게 선인가? 우리는 우리가 아는 사람, 함께 사는 사람이 무엇을 원하는지 잘 아는가? 우리가 함께 있는 사람에게 무언가 좋은 일을 하거나 돕기를 원할 때 그것은 역시 착각이 아닐까?" 시나포브는 수첩에서 보리스 콜레브, 게오르기 니코브, 엘레나 코스토바, 류벤 블라도브, 니콜레타 필리포바 같은 이름을 읽었다.

"이 이름 뒤에는 어떤 사람들이 있을까? 그들은 어디에 살고 있을까? 그들은 어디에서 일할까? 그들 중 살아있는 사람이 있을까? 시나포브는 궁금했다. 그는 게오르기 니코브라는 이름을 선택하고 전화했다.

"여보세요!" 남자 목소리가 말했다.

"니코브 씨입니까?" 시나포브가 물었다.

"예."

"저는 사립탐정 얀코 시나포브입니다. 한 달 전에 갑자기 사라진 담얀 도네브 씨에 관해 이야기하려고 신생님을 만나고 싶습니다. 도네브 씨의 수첩에서 선생님의 전화번호를 찾았기 때문에 친구라고 짐작합니다."

– Jes, – diris la viro. – Mi konis Damjan Donev.

– Kiam ni povus renkontiĝi? – demandis Sinapov.

– Mi estas pensiulo kaj mi havas multe da libera tempo. Se por vi estos oportune, ni renkontiĝu morgaŭ je la deka horo matene. Mi loĝas proksime al la placo Libereco, tie estas kafejo Lazuro, ni renkontiĝu en ĝi. Vi facile rekonos min, ĉar mi estas alta preskaŭ unu metron kaj okdek centimetrojn, kun okulvitroj kaj tute kalva.

– Dankon, sinjoro Nikov, vi estas tre afabla. Ĝis morgaŭ matene, – diris Sinapov.

La placo Libereco troviĝis en la suda parto de la urbo kaj Sinapov tre malofte havis okazon esti en tiu ĉi urboparto. Li veturis per la tramo numero 21 kaj eltramiĝis ĉe la lasta tramhaltejo. Estis dek minutoj antaŭ la deka. Sinapov rimarkis la kafejon Lazuro dekstre de la tramhaltejo. La placo estis vasta, en ĝia centro troviĝis malgranda parko kun benkoj. En la mezo de la parko staris alta monumento de fama poeto, sed Sinapov ne povis tuj rememori kiu estis la poeto. Li ekrapidis al la kafejo, deziris esti en ĝi antaŭ la alveno de Georgi Nikov kaj vidi lin en la momento, kiam li eniras.

"예, 담얀 도네브를 알고 있습니다." 남자가 말했다.

"언제 만날 수 있습니까?" 시나포브가 물었다.

"나는 연금 수령자이고 자유 시간이 많습니다. 편하다면 내일 아침 10시에 만날까요? 나는 자유의 광장 가까이에 살아요. 거기에 라주로라는 카페가 있으니 거기서 만나요. 나는 키가 커서 거의 1m 80cm이고, 안경을 쓰고 완전히 대머리라서 쉽게 알아볼 수 있어요."

"감사합니다, 니코브 선생님, 매우 친절하십니다. 내일 아침 뵙겠습니다." 시나포브가 말했다.

자유의 광장은 도시의 남쪽 부분에 위치해 시나포브는 이 지역에 갈 기회가 거의 없었다.

21번 전철을 타고 가서 마지막 전철 정류장에서 내렸다. 10시 10분 전이었다.

시나포브는 전철 정류장 오른쪽에 **카페 라주로**가 있는 것을 보았다.

광장은 넓어, 중앙에는 장의자가 놓여 있는 작은 공원이 있다.

공원 한복판에 유명한 시인의 기념비가 우뚝 서 있다. 그러나 시나포브는 그 시인이 누구인지 즉시 기억할 수 없었다.

카페로 서둘러 갔다.

게오르기 씨가 도착하기 전에 거기에 있어 들어오는 순간 알아보기를 원했다.

Nun, antaŭ la tagmezo, en la kafejo estis preskaŭ neniuj homoj. Nur kelkaj maljunuloj sidis ĉe unu el la tabloj kaj babilis. Verŝajne ili loĝis en la kvartalo kaj kutimis ĉiumatene renkontiĝi en la kafejo. Sinapov sidiĝis ĉe tablo, proksime al la enirejo. Tuj al li venis juna simpatia kelnerino, kiu afable demandis kion li mendos.

– Kafon kaj mineralan akvon, – diris Sinapov.

Ĝuste je la deka horo kaj kvin minutoj en la kafejon eniris Georgi Nikov. Sinapov tuj rekonis lin. Kiel hieraŭ Nikov priskribis sin mem, li estis alta, kalva kaj kun okulvitroj. Nikov ekvidis Sinapov kaj proksimiĝis al li.

– Bonan matenon, – salutis Nikov.

– Bonan matenon. Kiel vi rekonis min? – demandis Sinapov.

– En tiun ĉi kafejon venas preskaŭ la samaj personoj kaj malgraŭ tio, ke vi ne similas al privata detektivo, mi rekonis vin, – respondis Nikov.

– Kiel aspektas privata detektivo laŭ vi? – ekridetis Sinapov.

– Li havas rondĉapelon kaj fumas pipon kiel ekzemple la fama Megre, – diris ŝerce Nikov.

Jam de la unuaj frazoj Nikov iĝis simpatia al Sinapov.

이제 정오가 되기 전이라 카페에는 사람이 거의 없었다. 오직 몇 명 노인들이 탁자 중 하나에 앉아서 이야기를 나누었다. 아마도 그들은 이웃에 살고 매일 아침 카페에서 만나곤 한 듯했다.

시나포브는 입구 근처 탁자에 앉았다.

즉시 상냥한 젊은 여종업원이 와서 무엇을 주문할지 친절하게 물었다.

"커피와 생수요." 라고 시나포브는 말했다.

게오르기 니코브는 정확히 10시 5분에 카페에 들어왔다. 시나포브는 즉시 알아차렸다.

니코브는 어제 자신을 설명한 것처럼 키가 크고 대머리에 안경을 썼다.

니코브는 시나포브를 보고 나서 가까이 다가왔다.

"안녕하세요." 니코브가 말했다.

"안녕하십니까? 저를 어떻게 알아보셨나요?" 시나포브가 물었다.

"거의 같은 사람들이 이 카페에 옵니다. 그래서 사립탐정같이 생기지 않았어도 알아봤지요." 니코브가 대답했다. "사립탐정은 어떻게 생겼습니까?" 시나포브가 작게 웃음 지었다.

"둥근 모자를 쓰고 예를 들면 유명한 메그레 같은 파이프 담배를 피웁니다." 농담 투로 니코브가 말했다.

이미 첫 문장으로 니코브는 시나포브에게 호의를 갖게 했다.

– Kion mi mendu al vi? – demandis Sinapov.

– Nur kafon.

Kiam la kelnerino alportis du kafojn kaj la mineralan akvon, Sinapov elprenis la notlibreton de Damjan Donev kaj montris ĝin al Nikov.

– Jen, ĉi tie mi trovis vian telefonnumeron. Bonvolu rakonti, ekde kiam vi konis Donev kaj laŭ vi kio okazis al li? Ĉu vi vidis Donev antaŭ lia malapero, ĉu vi kutimis renkontiĝi kun li, paroli?

– Kun Damjan Donev ni estis kolegoj, – komencis rakonti Nikov. – Ni kune laboris. Ni ambaŭ estis inĝenieroj. Li pensiiĝis unu jaron antaŭ mi.

– Ĉu vi estis amikoj? – demandis Sinapov.

– Jes. Ni estis bonaj amikoj. Ni ofte gastigis unu la alian. Damjan vizitadis mian hejmon. Miaj edzino kaj infanoj konis lin. Li estis fraŭlo, ne havis familion, infanojn kaj li tre ŝatis miajn infanojn. Kiam li gastis ĉe ni, li portis donacojn al ili. Kara, bonkora homo li estis.

– Ĉu li havis malamikojn? Ĉu li estis en konflikto kun iu aŭ ĉu kverelis kun iu? – demandis Sinapov.

– Dum ni kune laboris, li ne estis en konflikto kun iu ajn kaj kun neniu li kverelis. Afabla, ĝentila viro li estis.

"무엇을 주문하시겠습니까?" 시나포브가 물었다.

"커피 한잔할게요." 여종업원이 커피 두 잔과 생수를 가져 왔을 때 시나포브는 담얀 도네브의 수첩을 꺼내 니코브 씨에게 보여주었다.

"여기 이 수첩에서 선생님의 전화번호를 찾았습니다. 언제부터 도네브 씨를 알고 있었고 그분에게 무슨 일이 일어났는지 아시는 대로 말씀해 주세요. 실종되기 전에 보신 적은 있으신가요? 자주 만나 이야기를 하셨나요?"

"담얀 도네브 씨와 나는 동료였습니다."

니코브가 이야기하기 시작했다.

"우리는 같이 일했죠. 우리는 모두 기술자였습니다. 도네브 씨가 저보다 1년 전에 은퇴했습니다."

"친구십니까?" 시나포브가 물었다.

"예, 우리는 좋은 친구였습니다. 우리는 서로 자주 왕래했지요. 도네브 씨가 우리 집을 찾아왔습니다. 우리 부인과 자녀들도 잘 알지요. 그 사람은 독신자로 가족이나 자녀가 없습니다. 그래서 우리 자녀들을 매우 좋아했지요. 우리 집에 왔을 때 아이들에게 선물을 주었습니다. 사랑스럽고 친절한 사람이었어요." "그분에게 적이 없었나요? 누군가와 갈등을 빚었거나 다툰 적은 없었나요?" 시나포브가 물었다. "우리가 함께 일하는 동안 누구와도 사이가 안 좋거나 다투지 않았어요. 친절하고 예의 바른 사람이었습니다."

Sinapov silentis, ŝajne pripensis ion, levis la kapon, alrigardis Nikov kaj diris:

– Mi ŝatus starigi al vi iom pli tiklan demandon. Ĉu Donev havis amatinon? Kiaj estis liaj rilatoj al virinoj? Ĉu hazarde li ne havis ligon kun edziniĝinta virino kaj ĉu ŝia edzo ne eksciis tion?

Nikov mire rigardis al Sinapov, gestis al siaj okulvitroj por alĝustigi ilin, malgraŭ ke tio ne estis bezonata.

– Kiel mi diris, – ekparolis li, – ni estis amikoj, sed Donev kaŝis sian intiman vivon. Neniam li parolis pri virinoj, neniam li menciis, ke iu virino, de inter niaj koleginoj, plaĉas al li. Bonmora viro li estis. Mi konatiĝis kun li, kiam ni ambaŭ jam estis kvardekjaraj kaj ni kune laboris pli ol dudek jarojn. Mi ne scias ĉu, kiam li estis junulo, li havis amatinon aŭ ĉu li amis iun virinon. Li neniam parolis pri siaj infaneco kaj juneco. Mi eĉ ne scias en kiu urbo li naskiĝis, kie li loĝis antaŭe, kiuj estis liaj gepatroj.

Georgi Nikov eksilentis kaj provis rememori ion el la vivo de Donev. Sinapov rigardis lin kaj atendis, ke li daŭrigu paroli. La okuloj de Nikov, brunkoloraj kun mola brilo, aludis ke li estas trankvila, maturmensa homo. Li denove alĝustigis la okulvitrojn, evidente tio estis lia kutima gesto, tusis kaj daŭrigis:

시나포브는 침묵하고 무언가 생각에 잠긴 듯 고개를 들고 니코브를 바라보며 말했다.

"조금 힘든 질문을 하고 싶습니다. 도네브 씨에게 여자 친구가 있었나요? 여성과의 관계는 어땠습니까? 혹시 기혼 여성과 아무런 관련이 없었습니까? 아니면 여자의 남편이 알아챈 적은 있나요?"

니코브는 시나포브를 놀랍게 바라보며 필요하지 않음에도 안경을 조절하는 몸짓을 했다.

"내가 말했듯이 우리는 친구였지만 도네브 씨는 개인적인 삶을 숨겼어요. 여성에 대해 결코 말한 적이 없으며 우리 동료 여직원 중 맘에 든 어느 여직원도 언급하지 않았어요. 품행이 단정한 사람이었습니다. 우리는 둘 다 40대에 서로 알게 되었고 20년 넘게 함께 일했습니다. 젊었을 때 사랑하는 여자 친구가 있었는지 또는 어느 여자를 사랑했는지 모릅니다. 어린 시절과 젊은 시절 이야기를 절대 말하지 않았습니다. 어느 도시에서 태어났는지 전에 어디에서 살았는지 부모가 누구인지조차 모릅니다."

게오르기 니코브는 침묵하면서 도네브의 삶에서 무언가를 기억해내려고 했다. 시나포브는 니코브를 쳐다보고 계속 이야기하기를 기다렸다. 니코브의 부드럽게 빛나는 갈색 눈은 조용하고 성숙한 남자임을 암시했다. 분명히 평소 습관인 듯 안경을 다시 조절하고 기침을 한 뒤 말을 이었다.

– Nun mi rememoras, ke Donev vere havis amatinon, sed ili estis kune dum mallonga tempo. Li kompreneble ne diris al mi pri ŝi, sed foje mi renkontis ilin surstrate kaj tiam Donev, malgraŭ ke li ne tro emis, tio bone videblis, konatigis min kun ŝi.

– Ĉu vi memoras ŝian nomon? – demandis tuj Sinapov.

– Estis antaŭlonge. Mi forgesis ĝin. Ŝajne estis Lia aŭ Natalia. Mi ne memoras precize.

Sinapov eligis el la poŝo de la jako notlibreton kaj skribis en ĝin la nomojn Lia kaj Natalia.

– Dum kiom da tempo ili estis kune? – demandis Sinapov.

– Eble unu jaron aŭ du jarojn. Mi ne plu memoras. Duafoje mi vidis ilin dum teatra prezento. Hazarde ankaŭ mi kun mia edzino spektis la saman teatraĵon kaj en la teatro mi vidis ilin.

– Ĉu vi scias kiam kaj kiel Donev disiĝis kun tiu Natalia aŭ Lia?

– Bedaŭrinde ne. Kiel mi diris, li neniam menciis ŝin al mi kaj mi neniam demandis lin pri ŝi. Mi tre bone komprenis, ke li ne ŝatas paroli pri intimaj temoj kaj mi ĉiam evitis ilin dum niaj konversacioj.

– Ordinare pri kio vi parolis?

"이제 도네브 씨에게는 정말 여자 친구가 있었다고 기억나는데 그러나 아주 짧은 기간이었어요. 당연히 여자에 대해 말하지 않았지만, 가끔 거리에서 그들을 만났어요. 도네브 씨는 원치 않는 것이 분명해 보이는데도 나를 그 여자에게 소개했지요."

"그 여자분의 이름을 기억하십니까?" 곧 시나포브가 물었다. "아주 오래전이라 잊었어요. 리아 또는 나탈리아 같아요. 정확히 기억이 나지 않아요."

시나포브는 웃옷 주머니에서 수첩을 꺼내 이름 리아와 나탈리아를 적었다.

"얼마나 함께 있었나요?" 시나포브가 물었다.

"어쩌면 1년 아니면 2년, 더 기억이 안 나요. 두 번째 연극 공연장에서 그들을 봤어요. 우연히 나도 아내와 함께 같은 연극을 보고 극장에서 그들을 보았지요."

"도네브 씨가 나탈리아 또는 리아와 언제 어떻게 헤어졌는지 아십니까?"

"불행히도 몰라요. 내가 말했듯이 여자에 대해 한 번도 언급하지 않았고 나도 묻지 않았어요. 나는 도네브 씨가 개인적인 이야기를 좋아하지 않는다는 것을 잘 알고 있거든요. 나는 항상 우리 대화에서 그것들을 피했어요."

"평소에 무슨 얘기를 했습니까?"

- Ni parolis pri nia komuna laboro. Donev estis talenta inĝeniero kaj ni kune inventis kelkajn perfektigojn en la procedo de la produktado en la entrepreno. Por tiuj ĉi perfektigoj ni ricevis bonajn monsumojn kaj post ĉiu ricevo de la mono ni kutimis iri en restoracion. Tie ni regalis nin pri la sukceso. Donev ne trinkis alkoholaĵojn kaj ni kutimis nur vespermanĝi.

- Dankon, sinjoro Nikov, - diris Sinapov. - Mi havas ankoraŭ unu demandon. Ĉu Donev havis alian amikon, kiun vi konis?

- Bedaŭrinde post mia pensiiĝo ni pli malofte renkontiĝis. De tempo al tempo ni nur interparolis telefone. Mi ne scias ĉu post la pensiiĝo li havis aliajn amikojn aŭ kun kiu li renkontiĝis, sed kiam ni laboris kune, li havis bonan amikon, kiu estis pentristo, samaĝa kiel ni. Li estis fama pentristo kaj lia nomo estis Vaklin Sjarov. Eble vi aŭdis pri li. Sjarov ofte ekspozicias siajn pentraĵojn en diversaj galerioj kaj ofte oni mencias lin en la televidaj novaĵoj.

Sinapov skribis en la notlibreton ankaŭ la nomon de Vaklin Sjarov - pentristo.

- Dankon, sinjoro Nikov, - diris li. - Por mi estis agrable, ke ni konatiĝis kaj konversaciis pri Donev.

"우리는 주로 공동 작업에 관해 이야기했어요. 도네브 씨는 재능있는 기술자였고 우리는 함께 회사의 생산 과정에서 많은 개선점을 발견했죠.

이러한 개선 작업으로 우리는 상당한 상금을 받은 뒤 자주 식당에 갔어요.

그곳에서 우리는 성공을 즐겼죠. 도네브 씨는 술을 마시지 않고 오직 저녁을 먹곤 했어요."

"감사합니다, 니코브 선생님." 시나포브가 말했다.

"아직 질문이 하나 더 있습니다. 도네브 씨에게 선생님이 아는 다른 친구가 있었습니까?"

"안타깝게도 내가 은퇴한 뒤 우리는 거의 만나지 못했습니다. 때때로 전화로만 통화했습니다. 은퇴 후 다른 친구를 사귀거나 누구를 만나는지 모르겠어요.

그러나 우리가 함께 일할 때 우리와 같은 나이의 화가가 좋은 친구였습니다. 유명한 화가로 이름이 바클린 샤로브였습니다. 아마 들어봤을 것입니다.

샤로브는 종종 다양한 갤러리에서 그림을 전시합니다. 텔레비전 뉴스에서 자주 언급합니다."

시나포브는 또한 화가 바클린 샤로브의 이름을 수첩에 적었다.

"감사합니다, 니코브 선생님. 알게 되고 도네브 씨에 관해 대화하게 되어 너무 기뻤습니다." 시나포브가 말했다.

– Mi tre bedaŭras, ke li tiel neatendite kaj subite malaperis, – diris Nikov. – Pri lia malapero mi eksciis de lia nevo Bojan, kiu telefonis al mi, sed bedaŭrinde ankaŭ al li mi diris, ke delonge mi ne renkontiĝis kun lia onklo kaj mi nenion scias pri lia vivo dum la lastaj du jaroj. Se vi sukcesos ion akscii pri Donev, ĉu vi bonvolus telefoni kaj informi min? – petis Nikov.

– Mi nepre telefonos kaj informos vin. Ja, vi estis unu el liaj plej bonaj amikoj, – promesis Sinapov.

"도네브 씨가 예기치 않게 갑자기 사라져서 정말 유감이에요." 라고 니코브가 말했다.

"나에게 전화한 조카 보얀에게서 실종 사실을 처음 알게 되었지만, 안타깝게도 나는 삼촌을 오랫동안 만난 적이 없다고 말했지요. 지난 2년 동안 도네브 씨의 삶에 대해 아무것도 몰라요. 당신이 뭔가를 찾을 수 있다면, 전화해서 알려주겠어요?" 니코브가 물었다.

"꼭 전화해서 알려 드리겠습니다. 사실, 선생님은 가장 좋은 친구 중 하나였습니다." 시나포브가 약속했다.

6.

Sinapov eliris el la kafejo kaj ekpaŝis sur la straton. Li deziris iomete promeni kaj tial li ne iris al la tramhaltejo, sed al la centro de la urbo, paŝante malrapide. Nevole pense li ripetis la vortojn de Nikov: "Donev estis bonmora viro kaj zorge kaŝis sian intiman vivon."

"Similaj homoj kiel Donev," meditis Sinapov, "estas afablaj, ĝentilaj, sed ili tute ne permesas, ke iu enrigardu en ilian intiman vivon. Ili kaŝas la sentojn kaj opinias, ke paroli pri amrilatoj estas maldece. Eble Donev havis amrilatojn ne nur kun tiu Lia aŭ Natalia, kiun menciis Nikov, sed ankaŭ kun aliaj virinoj, tamen verŝajne tre malmultaj sciis pri ili. Mi nepre devas trovi tiun ĉi Lia aŭ Natalia kaj konversacii kun ŝi. Eble ŝia telefonnumero troveblas en la notlibreto."

La vetero iom malserenis. Sur la ĉielo rampis grizaj nuboj kaj baldaŭ ekpluvos. Blovis febla vento. Sinapov plirapidigis siajn paŝojn. Li ne havis ombrelon kaj ne deziris, ke la pluvo surprizu lin. Li ĉirkaŭrigardis kaj ekvidis, ke li jam estas proksime al la Teknika Universitato, multetaĝa moderna konstruaĵo. Antaŭ la universitato videblis gejunuloj.

6. 딩코 네데브

시나포브는 카페에서 나와 거리를 걸었다.

조금 산책하고 싶었다. 그래서 전철 정류장에 가지 않고 시내 중심으로 천천히 걸어갔다.

무의식적으로 니코브의 말을 반복했다.

"도네브 씨는 품행이 단정하고 개인적인 삶을 조심스럽게 숨겼습니다. 도네브와 같은 사람은 친절하고 예의 바르지만. 누구도 자신의 내적인 삶을 들여다볼 수 없습니다. 그들은 감정을 숨기고, 연애 관계에 관해 이야기하는 것이 부적절하다고 생각합니다. "

도네브는 니코브가 언급한 리아나 나탈리아뿐 아니라 다른 여성들과도 연애했을 수도 있다. 그러나 그들에 대해 아는 사람은 거의 없을 것이다.

나는 확실히 이 리아 또는 나탈리아를 찾아 대화를 나누어야 한다. 수첩에서 여자의 전화번호를 찾을 수 있을지도 모른다.

날씨가 조금 흐리다. 회색 구름이 하늘을 기어가고 곧 비가 올 듯하다. 약한 바람이 불었다.

시나포브는 발걸음을 빠르게 했다.

우산이 없다. 비에 젖기는 싫었다.

주위를 둘러보며 고층 현대식 건물인 기술 대학 근처임을 알았다. 대학 앞에서 젊은 사람들을 볼 수 있다.

Kelkaj rapidis eniri la konstruaĵon, aliaj trankvile staris proksime al la pordo kaj konversaciis. Gejunuloj ĉiam vekis en Sinapov agrablan senton. Ja, ili estas junaj, gajaj, senzorgaj. La vivo ankoraŭ ne premis ilin kaj ili rigardas en la estonton esperplene.

Kiam Sinapov eniris la kontoron, ŝajnis al li, ke la aero en ĝi estas malpura. Tuj li malfermis la fenestron. Ekstere jam pli forte pluvis. Li enspiris la freŝan, iom friskan aeron kaj liaj pulmoj kvazaŭ vastiĝis. Li elprenis la notlibreton de Donev kaj komencis serĉi nomon Lia aŭ Natalia, legante atente paĝon post paĝo. La skribmaniero de Donev estis klara kaj legebla, la nomoj kaj la ciferoj de la telefonnumeroj diligente skribitaj. Kiam li trafoliumis la trian paĝon, lia poŝtelefono eksonoris.

– Sinjoro Sinapov? – aŭdis li viran voĉon.

– Jes.

– Telefonas Dinko Nedev. Antaŭ du semajnoj mi vizitis vin. Tiam mi rakontis al vi miajn problemojn, sed vi konsilis min telefoni al vi hodiaŭ. Mi ŝatus demandi, kiam vi povus akcepti min?

– Mi memoras vin kaj nian tiaman konversacion, – diris Sinapov. – Se eblas, vi venu hodiaŭ. Mi atendos vin.

몇 사람은 서둘러 건물로 들어가고 다른 사람들은 차분하게 문 근처에 서서 대화를 나누었다.

젊은이는 항상 시나포브에게 상쾌한 느낌을 불러 일으켰다. 실제로 그들은 젊고, 쾌활하고, 걱정이 없다.

삶이 아직 그들을 억압하지 않았고 그들은 희망으로 가득한 미래를 바라본다.

시나포브가 사무실에 들어갔을 때, 내부의 공기가 탁해 보였다.

즉시 창문을 열었다.

밖에는 이미 비가 더 많이 내리고 있었다.

상쾌하고 약간의 신선한 공기를 마시니 폐가 팽창하는 것 같았다.

도네브의 수첩을 꺼내 리아 또는 나탈리아라는 이름을 찾기 시작했다. 주의 깊게 각 장을 넘기며 읽었다. 도네브의 손글씨는 명확하고 읽기 쉬웠다. 이름과 전화번호 숫자가 가지런히 쓰여 있다.

세 번째 장을 넘겼을 때 휴대 전화가 울렸다.

"시나포브 씨인가요?" 남자의 목소리가 들렸다.

"예. 맞습니다."

"딩코 네데브입니다. 2주 전에 찾아뵈었습니다. 그때 제 문제를 상담했을 때 오늘 전화하라고 하셔서 언제 해결해 주실지 묻고 싶습니다."

"당시 대화 내용이 기억납니다. 가능하시면 오늘 오세요. 기다릴게요."

– Dankon. Mi venos post unu horo, – diris Dinko Nedev.

Sinapov daŭrigis la trafoliumadon de la notlibreto de Donev. Inter la nomoj kaj telefonnumeroj li rimarkis la nomon Natalia Ivanova. Certe ŝi estas, kiun menciis Georgi Nikov, diris al si mem Sinapov kaj decidis tuj telefoni al ŝi.

Kiam li aŭdis la virinan voĉon, demandintan kiu telefonas, Sinapov prezentis sin.

– Mi estas Janko Sinapov, privata detektivo. Mi petas pardonon pro la ĝeno, sed mi telefonas al vi rilate Damjan Donev. Vi verŝajne scias, ke li subite malaperis. Jam dum la tuta monato la polico serĉis lin, sed vane. Vi konis lin kaj mi ŝatus paroli kun vi pri li. Kiam estos al vi oportune, ke ni renkontiĝu?

La virino iom hezitis. Verŝajne ŝi pretis diri, ke ŝi ne emas renkontiĝi kun li kaj paroli pri Donev, sed post ioma paŭzo ŝi respondis:

– Oportune estos dimanĉe. Certe vi scias kie troviĝas la kafejo Printempo, kontraŭ la Nacia Teatro. Ni renkontiĝu tie je la deksepa horo posttagmeze.

– Dankon, – diris Sinapov. – Mi tenos enmane la tagĵurnalon Telegrafo kaj per tio vi rekonos min.

– Jes, – diris la virino.

시나포브가 말했다.

"감사합니다. 한 시간 뒤에 거기로 가겠습니다."

딩코 네데브가 말했다.

시나포브는 도네브의 수첩을 계속 넘겼다.

이름과 전화번호 사이에서 나탈리아 이바노바라는 이름을 발견했다.

'확실히 게오르기 씨가 말한 여자구나.' 시나포브는 혼잣말하고 금세 전화하기로 마음을 먹었다.

누가 전화했는지 묻는 여자의 목소리를 듣고 시나포브는 자신을 소개했다.

"저는 사립탐정 얀코 시나포브입니다. 불편하게 해 죄송합니다만 담얀 도네브 씨 관련해서 전화 겁니다.
아마 그분은 갑자기 사라졌습니다.
한 달 내내 경찰은 찾고 있었지만 헛수고였습니다.
선생님이 그분을 알고 계시니 함께 이야기하고 싶습니다. 언제 만나는 것이 편하시겠습니까?"

여자는 조금 망설였다. 분명히 만나서 도네브에 대해 말하고 싶지 않은 듯했지만 잠시 뒤 대답했다.

'일요일이 편리해요. 국립 극장 건너편에 있는 '봄' 카페를 확실히 아시겠죠. 오후 5시에 거기서 만나요."

"감사합니다. 텔레그라포 일간신문을 쥐고 있을 테니 그것으로 저를 알아보실 수 있을 것입니다."

"알겠어요." 여자가 말했다.

Sinapov malŝaltis la telefonon. "Mi verŝajne ne multon ekscios pri Donev de Natalia," meditis li. "Ja, ŝi kaj li estis kune dum mallonga tempo, tamen ŝi certe memoras ion pri aliaj konatoj de Donev kaj tiamaniere ŝi faciligos la serĉadon."

Li bone konsciis, ke li devas havi paciencon kaj esplori ĉiujn eblojn. Certe la polico ne tre diligente serĉis Donev kaj por la policanoj pli facile estis diri, ke Donev ne troveblas, ke senspure li malaperis, tamen Sinapov ne rajtis tion fari. Li promesis al la nevo Bojan detale esplori ĉion kaj diri definitive ĉu Donev malaperis, ĉu li ankoraŭ vivas aŭ ne. Por fari la finan konstaton Sinapov devis esplori ĉiujn eblojn.

Iu frapetis je la pordo de la kontoro kaj li diris:

– Bonvolu.

Eniris ĉirkaŭ kvardekjara viro, mezalta, brunharara, liphara kun nigraj okuloj. Li surhavis verdan ĉemizon kaj sportan jakon.

– Bonan tagon, sinjoro Sinapov, – salutis la viro. – Mi estas Dinko Nedev, kiu antaŭ unu horo telefonis al vi.

– Bonan tagon.

– Mi supozas, ke mia edzino kokras min kaj mi ŝatus peti vin pruvi tion, – diris sinĝene Dinko.

시나포브는 전화를 끊었다.

'나는 아마 도네브에 대해 나탈리아오로부터 많이 알지 못할 것 같다' 시나포브는 깊이 생각했다.

정말, 그 여자분과 도네브는 잠시 함께 있었다. 그러나 도네브의 다른 지인들에 대해 무언가를 분명 기억할 것이다. 그런 방식으로 수색을 더 쉽게 할 것이다. 인내심을 가지고 모든 가능성을 탐구해야 한다는 것을 잘 알고 있다. 확실히 경찰은 도네브를 그렇게 열심히 수색하지 않았고 경찰관은 도네브를 찾을 수 없고 흔적도 없이 사라졌다고 말하기가 더 쉬웠다. 그러나 시나포브는 그렇게 할 수 없다. 조카 보안에게 모든 것을 자세히 조사하고 도네브가 사라졌는지 아직 살았는지 아닌지 말한다고 약속했다. 마지막 확신을 하기 위해 시나포브는 모든 가능성을 탐구해야 한다.

누군가 사무실 문을 두드렸다.

시나포브는 이렇게 말했다. "들어오세요."

중간 키, 갈색 머리카락, 검은 눈에 콧수염을 가진 약 40세의 남자가 들어왔다. 녹색 셔츠와 스포츠 재킷을 입고 있었다. "안녕하십니까, 시나포브 탐정님." 남자가 인사했다. "저는 딩코 네네브입니다. 한 시간 전에 전화 한 사람입니다."

"안녕하세요" "제 아내가 바람을 피운다고 짐작하는데 그걸 증명해 주시기를 부탁하고 싶습니다." 딩코가 불안해하며 말했다.

– Ĉu vi nur supozas aŭ ĉu vi havas ajnajn konstatojn? – demandis Sinapov.

– Konstatojn? – Dinko alrigardis Sinapov. – Ŝi komencis malfrue reveni el la laborejo.

– Kie ŝi laboras?

– Ŝi estas sekretariino en vestofabriko.

– Sekretariino de la direktoro de la fabriko?

– Jes.

– Kaj vi supozas, ke ŝi kokras vin kun la direktoro de la fabriko? – demandis Sinapov.

– Ne. La direktoro estas maljuna, ĉirkaŭ sesdekjara. Mi supozas, ke ŝi havas junan amanton.

– Kaj vi deziras, ke mi pruvu tion?

– Jes.

– Bone, – diris Sinapov. – Mi bezonas iujn detalojn pri via edzino: la adreson de la fabriko, ŝian foton, vian hejman adreson···

– Mi donos ĉion al vi.

– Ĉu vi deziras divorci?

– Ne. Ni havas filinon, sepjaran, kaj pro ŝi mi ne deziras divorci, sed mi ŝatus scii ĉu mia edzino kokras min.

– Do, mi esploros tion, – diris Sinapov.

"단지 추측입니까 아니면 다른 증거가 있습니까?"
시나포브가 물었다.

"증거요?" 딩코가 시나포브를 바라보았다.

"아내가 직장에서 늦게 돌아오기 시작했습니다."

"어디서 일하시는데요?"

"아내는 의류 공장의 비서입니다."

"공장 관리자의 비서입니까?"

"예"

"그리고 공장 관리자와 바람을 피운다고 짐작하나요?"
시나포브가 물었다.

"아니요. 관리자는 늙어서 약 60세입니다.
젊은 애인이 있다고 짐작합니다."

"제가 그것을 증명하길 바라나요?"

"예"

"알겠습니다." 시나포브가 말했다.

"부인에 대한 세부 정보, 공장 주소, 사진, 집 주소가
필요합니다."

"모든 걸 드릴게요."

"이혼을 원하십니까?"

"아니요. 7살 난 딸이 있는데 이혼하고 싶지 않지만 제
아내가 바람피우는지 알고 싶습니다."

"그럼 제가 조사해 볼게요." 라고 시나포브가 말했다.

Dinko diktis al li la hejman adreson, la adreson de la vestfabriko, en kiu laboras la edzino, kaj donis ŝian foton. Sinapov atente rigardis ĝin.

– Kio estas la nomo de via edzino?

– Pavlina Nedeva, – respondis Dinko.

La virino sur la foto estis juna kaj bela, verŝajne tridekjara, kun longa hela hararo kaj laktobluaj okuloj. Sinapov rigardis la foton, rigardis al Dinko kaj meditis: "Kiel eblas, ke tiu ĉi ordinara, ne tre inteligenta viro havas tiel junan kaj belan edzinon? Ja, li estas preskaŭ dekjarojn pli aĝa ol ŝi. Strange, kio estas la amo? Kiel oni enamiĝas? Kio estas tiu mistera forto, kiu logas la homojn unu al la alia? Verŝajne antaŭ dek jaroj Dinko kaj Pavlina iel renkontiĝis. Iliaj vivovojoj kruciĝis kaj en ambaŭ ekflamis la amo.

Ili komencis renkontiĝadi, sentis, ke ili ne povas vivi unu sen la alia kaj ili decidis geedziĝi. Naskiĝis ilia filino, sed pasis jaroj kaj ili konstatis, ke li kaj ŝi estas tute malsamaj. Ŝi verŝajne komencis rimarki liajn negativajn trajtojn kaj demandis sin kiel ŝi iam povis enamiĝi al li, ĉu ŝi estis blinda tiam.

Li konstatis, ke ŝi ne plu estas la junulino, kiu forte amis lin iam. Ŝi komencis malfrue revenadi hejmen el la laborejo. Ŝin ne plu allogis la familia vivo.

딩코는 집 주소, 의류 공장의 주소, 아내가 일하는 곳을 적고 아내 사진도 주었다.

시나포브는 그것을 열심히 바라보았다.

"부인 이름이 뭐죠?"

"파블리나 네데바입니다." 딩코가 대답했다.

사진 속의 여성은 젊고 아름다웠다. 아마 30세였을 것이다. 길고 밝은 머리카락과 유백색 눈을 가졌다.

시나포브는 사진을 보고 딩코를 보고 "이 평범하고 똑똑하지 않은 남자가 그렇게 젊고 예쁜 아내가 있다는 것이 어떻게 가능할까? 사실, 남편은 부인보다 거의 10살이 더 많다. 이상하다. 사랑은 무엇인가? 어떻게 사랑에 빠지나? 사람을 매료시키는 신비한 힘은 무엇인가? 아마 10년 전에 딩코와 파블리나는 어떻게든 만났다. 그들 삶의 길이 연결되어 서로 사랑의 불을 피웠다. 만나기 시작했고 서로 상대가 없이는 살 수 없다고 느꼈고 결혼하기로 했다. 그들에게 딸이 태어났지만, 세월이 지나 서로 완전히 다르다고 믿었다.

부인은 아마도 남편의 부정적인 특성을 알아차리기 시작했고 어떻게 사랑에 빠질 수 있었는지 당시 눈이 멀었는지 궁금했다.

남편도 부인이 언젠가 그토록 사랑했던 아가씨가 아니라는 것을 깨달았다.

아내는 직장에서 늦게 집으로 돌아오기 시작했다.

가정의 삶이 더 매력 있게 안 보인다.

Eble ŝi ekserĉis amuziĝon ekster la familio. Li iĝis kolera, supozis, ke ŝi havas amaton kaj li deziris iamaniere puni ŝin. Laŭ li la plej efika puno estos trovi privatan detektivon kaj per li pruvi, ke ŝi kokras lin. Tiel komenciĝas la grandaj familiaj konfliktoj kaj tiel disiĝas geedzoj. Restas nur vundoj kaj malfeliĉaj infanoj."

Dinko adiaŭis Sinapov kaj foriris.

Sinapov restis sidi ĉe la skribotablo kaj nevole rememoris la tagon, kiam li unuafoje vidis Lili, sian edzinon. Tiam ili estis studentoj. Sinapov studis juron kaj Lili – matematikon. Li vidis Lili en la librovendejoj de la universitato. Ŝi serĉis iun libron, Sinapov ne plu memoris ĝiajn titolon kaj aŭtoron. Lili rigardis la bretojn, prenis diversajn librojn, sed ne trovis tiun, kiun ŝi serĉis.

Tiam Sinapov, kiu staris proksime al ŝi, demandis kiun libron ŝi serĉas. Lili turnis sin al li iom konfuzita kaj diris la titolon de la libro. Sinapov rigardis la librobretojn, tuj rimarkis la libron, prenis kaj donis ĝin al Lili. Ŝi apenaŭ flustris "dankon" kaj ekrapidis al la kasejo por pagi ĝin. Sinapov ekiris post ŝi, ĉar ankaŭ li prenis libron, kiun li devis pagi.

아마도 가정 밖에서 재미를 찾고 있었을 것이다.

남편은 화가 났고 아내에게 남자 친구가 생겼다고 짐작하고 어떻게든 벌하고 싶었다.

남편이 생각하기를 가장 효과적인 처벌은 사립탐정을 찾아서 아내가 바람피우고 있음을 증명한다.

그렇게 커다란 가족 갈등이 시작해서 배우자가 헤어진다. 오직 상처와 불행한 아이만 남는다.

딩코는 시나포브에게 작별 인사를 하고 떠났다.

시나포브는 남아서 책상에 앉았다.

뜻하지 않게 아내 릴리를 처음 만난 날을 돌아보았다. 당시 그들은 학생이었다. 시나포브는 법을, 그리고 릴리는 수학을 공부했다.

처음 대학 서점에서 릴리를 보았다.

릴리는 어떤 책을 찾고 있었다. 시나포브는 이제는 그 제목과 저자를 기억하지 못했다. 릴리는 책장을 보고 다양한 책을 가져갔지만 찾고 있는 책을 발견하지 못했다. 그때 근처에 서 있던 시나포브가 어떤 책을 찾느냐고 물었다.

릴리는 약간 혼란스러워하며 책의 제목을 말했다.

시나포브는 책장을 보더니 즉시 그 책을 찾아내고 그것을 꺼내서 릴리에게 주었다.

릴리는 간신히 "감사합니다." 하고 말한 뒤 책값을 치르려고 계산대로 서둘러 갔다. 시나포브도 릴리를 따라갔다. 왜냐하면, 값을 치를 책이 있었기 때문이다.

Kiam venis la vico de Lili, ŝi donis la libron al la kasistino, kiu diris al ŝi kiom ĝi kostas. Kiam Lili aŭdis la prezon, ŝi ruĝiĝis kaj embarasite diris: "Mi opiniis, ke ĝi estas pli malmulte kosta. Mi ne havas tiom da mono... Pardonu min, sed mi redonos la libron kaj mi venos alifoje por aĉeti ĝin."

Tiam Sinapov, kiu staris en la vico post Lili, diris: "Mi pagos la libron." Kaj li tuj elprenis monon, pagis du librojn, sian kaj tiun de Lili kaj donis al Lili la libron. En la unua momento Lili ne komprenis kio okazis kaj verŝajne ŝi ne deziris kredi, ke tute nekonata junulo pagis ŝian libron. Ŝi alrigardis lin mire per larĝe malfermitaj okuloj kaj diris: "Dankon. Bonvolu doni al mi vian telefonnumeron kaj mi redonos al vi la monon." En tiu ĉi momento Sinapov rimarkis la okulojn de Lili. Ili estis grandaj, brilaj, mielkoloraj. Neniam antaŭe li vidis tiom belajn okulojn. Ŝia rigardo estis tenera kaj esprimanta profundan sinceran dankemon.

Sinapov enamiĝis al tiuj ĉi okuloj, kiuj ebriigis lin kiel forta vino. La sekvan tagon Lili telefonis al li kaj ili renkontiĝis. Ŝi redonis la monon kaj ekde tiam ili ĉiutage kunestis. Post la fino de la universitato ili tuj geedziĝis.

릴리의 차례가 되었을 때 계산원에게 책을 내밀자, 계산원이 책값이 얼마라고 말했다.

릴리가 가격을 들었을 때 얼굴을 붉히고 당황해서 말했다. "저는 가격이 더 저렴하다고 생각했습니다. 돈이 부족해요. 죄송해요. 책을 돌려드리고 다른 날 사러 올게요." 그러자 릴리 뒷줄에 서 있던 시나포브가 "내가 책값을 내겠다."라고 말했다.

그리고 즉시 돈을 꺼내서 자기 책과 릴리의 책 합해서 두 권 값을 지급하고 릴리에게 책을 주었다.

처음에 릴리는 무슨 일이 있었는지 이해하지 못했고 아마도 전혀 모르는 청년이 책값 내준 것을 믿고 싶지 않았다.

릴리는 놀라 눈을 동그랗게 뜨고 시나포브를 보았다. "감사합니다. 제게 전화번호를 알려 주세요. 돈을 갚아 드리겠습니다."

이 순간 시나포브는 릴리의 눈을 보았다.

크고 밝은 꿀 색이었다.

그 전에는 결코 이렇게 아름다운 눈을 본 적이 없다. 시선은 부드럽고 깊고 진실한 감사를 나타냈다.

시나포브는 독한 포도주처럼 취하게 만든 눈 때문에 사랑에 빠졌다.

다음 날 릴리가 전화를 걸어 다시 만났다.

돈을 돌려주고 그때부터 그들은 매일 함께했다.

대학을 졸업하고 곧바로 결혼했다.

Same kiel en ĉiu familio, ankaŭ ili de tempo al tempo havis etajn konfliktojn, sed Sinapov ne plu povis imagi sian vivon sen Lili kaj sen la infanoj.

Li alrigardis al la fenestro de la kontoro. Je la fino de ĉiu labortago li havis la strangan kutimon rigardi al la fenestro. Li stariĝis de la skribotablo kaj alpaŝis al la fenestro. Nun malsupre, en la interna korto, estis kelkaj infanoj. Ili senzorge kuris tien-reen, kriis, ridis. La maljuna kaŝtanarbo, ĉirkaŭ kiu ili kuris, kvazaŭ protektis ilin. Ĝiaj grandaj branĉoj similis al fortaj brakoj, etenditaj super ili kaj ne permesantaj ke io malbona okazu al la infanoj.

La junia suno lante subiris. La lastaj kuprokoloraj radioj lumigis la korton per mola karesa lumo.

모든 가족과 마찬가지로 때로 사소한 갈등을 겪었지만 시나포브는 아내와 아이들 없는 삶을 더는 상상할 수 없다. 사무실 창밖을 내다보았다. 매일 근무가 끝날 때마다 창밖을 보는 이상한 습관이 생겼다. 책상에서 일어나 창가로 나아갔다. 이제 아래층 안뜰에는 아이들이 몇 명 있다. 걱정 없이 이리저리 뛰어다니며 소리치며 웃었다. 오래된 밤나무 둘레를 도는 아이들을 나무가 마치 보호하는 듯하다. 그것의 큰 가지는 아이들 위로 뻗어진 강한 팔처럼 아이들에게 나쁜 일이 일어나지 않도록 지켜준다. 6월의 태양이 천천히 지고 있다. 마지막 구리색 광선이 부드럽게 어루만지듯 빛으로 안뜰을 비추었다.

7.

La Nacia Teatro estis impona konstruaĵo al kies ĉefa enirejo kondukis marmora ŝtuparo. Sur ĝia fasado leviĝis kvin altaj dorikaj kolonoj, inter kiuj staris statuoj de la muzoj: Eŭterpo, Kaliopo, Melpomeno kaj Talio. Antaŭ la teatro etendiĝis bela parko kun fontano, kies ŝprucigata akvo similis al sennombraj brilaj lancoj, ĵetataj alten al la sennuba lazura ĉielo. Same kiel en ĉiu ripoztago, ankaŭ hodiaŭ en la parko troviĝis multaj homoj. Gemaljunuloj sidis sur la benkoj kaj ĝuis la varmetan sunon, gejunuloj sidis sur la herbejo. Proksime al la fontano estis kvar muzikantoj kaj kantisto. Du el la muzikantoj gitarludis, unu ludis violonon kaj la kvara – violonĉelon. La kantisto, dudekjara junulo, nigrahara kun kaŝtankoloraj okuloj kantis belan italan kanton.

Sinapov trapasis la parkon kaj eniris la kafejon Printempo, kiu situis sur la strato ĉe la parko, kontraŭ la Nacia Teatro. Ene li iom levis la tagĵurnalon Telegrafo, por ke Natalia vidu ĝin, se ŝi jam estas en la kafejo. Post kelkaj sekundoj virino, kiu sidis ĉe tablo en la mezo de la kafejo, gestis al li kaj Sinapov komprenis, ke ŝi estas Natalia.

7. 나탈리아 이바노바

국립 극장은 정문이 대리석 계단으로 이어진 인상적인 건물이다.

정면에는 다섯 개의 높은 도리스 식(式) 기둥이 있고 에우테르포, 칼리오포, 멜포메노, 탈리오 같은 뮤즈의 동상이 서 있다.

극장 앞에는 아름다운 공원이 펼쳐져 있는데 그곳에 솟구치는 물이 무수히 빛나는 창과 같이 구름 없는 푸른 하늘로 높이 던져진 분수가 있다.

모든 휴일처럼 오늘은 많은 사람이 공원에 있다.

노인들은 장의자에 앉아서, 젊은이들은 잔디밭에 앉아서 따뜻한 태양을 즐겼다.

분수 근처에는 네 명의 연주자와 가수가 있었다.

두 명은 기타를, 한 명은 바이올린을, 네 번째는 첼로를 연주했다.

가수는 스무 살의 젊은이로 갈색 눈을 가진 검은 머리카락을 한 청년인데 아름다운 이탈리아 노래를 불렀다.

시나포브는 공원을 가로질러서 국립 극장 맞은편 공원 거리에 있는 **'봄날' 카페**에 들어갔다.

이미 카페 안에 있다면 나탈리아가 알아보도록 텔레그라포 일간신문을 조금 집어 들었다.

잠시 후에 카페 한가운데 탁자에 앉아 있던 여성이 손짓해서 시나포브는 나탈리아임을 알아차렸다.

Li rapide proksimiĝis al la tablo, ĉe kiu ŝi sidis.

Natalia estis ĉirkaŭ sesdekkvinjara kun tute blanka hararo, okuloj kiel etaj moneroj kun nebula rigardo. Ŝia vizaĝo, simila al granda ovo, estis sulkigita. Verŝajne ŝi provis iom kaŝi sian maljunecon kaj diligente ŝminkis[21] sin. Nigra konturo emfazis la okulojn kaj sur la maldikaj lipoj estis ruĝŝminko.

– Bonan tagon, sinjorino Ivanova, – salutis ŝin Sinapov.

– Bonan tagon, – respondis Natalia.

Sinapov sidiĝis ĉe ŝi.

– Mi ne deziras tro ĝeni vin, – komencis li. – Mi nur ŝatus starigi kelkajn demandojn pri Donev. Viaj respondoj estos gravaj, ĉar ili helpos min klarigi kio ĝuste okazis al li. Ja, lia subita malapero estas tute nekomprenebla.

– Verŝajne mi ne multe helpos vin, antaŭ kekaj jaroj mi disiĝis de Donev.

El tiuj ĉi vortoj videblis, ke Natalia ne emas paroli pri Donev.

– Tamen vi loĝis kune, ĉu ne? – replikis ŝin Sinapov.

– Jes, ni estis kune.

– Kiom da jaroj?

– Preskaŭ du jarojn, – respondis Natalia.

---

21) (얼굴에) 분바르다. 연지 칠하다

서둘러 여성이 앉아 있는 탁자로 가까이 갔다.

나탈리아는 대략 65세이고 완전히 흰 머리카락에 흐릿한 표정의 작은 동전 같은 눈, 큰 달걀을 닮은 얼굴에는 주름이 생겼다. 늙은 것을 조금이라도 감추려고 부지런히 화장한 듯했다. 검정 윤곽선으로 눈을 강조했고 메마른 입술은 빨갛게 칠했다.

"안녕하십니까? 이바노바 여사님." 시나포브가 인사했다. "안녕하세요?" 나탈리아가 대답했다.

시나포브는 옆에 앉았다.

"너무 귀찮게 하지 않겠습니다.'" 시나포브가 말을 시작했다.

"저는 도네브 씨에 대한 몇 가지 질문을 드리고 싶습니다. 답변이 중요합니다. 도네브 씨에게 정확히 무슨 일이 일어났는지 설명하는 데 도움이 될 것이기 때문입니다. 실제로 갑작스러운 실종은 완전히 이해할 수 없습니다."

"정말로 큰 도움이 되지 못할 겁니다.
몇 년 전에 도네브와 헤어졌어요."

이 말에서 나탈리아가 도네브에 대해 말하고 싶지 않다는 것이 분명했다.

"함께 사셨지요?" 시나포브가 말했다.

"예, 우리는 같이 살았어요."

"몇 년 정도요?"

"거의 2년 정도." 나탈리아가 대답했다.

– Mi havis edzon, sed ni divorcis kaj mia amikino, kiu iam studis kun Donev en universitato, konatigis min kun li. Li estis fraŭlo kaj mia amikino opiniis, ke mi kaj Donev povus kune loĝi.

– Ĉu vi loĝis en lia loĝejo?

– Ne, – diris ŝi. – Ni nur kune vizitadis teatraĵojn, operojn, koncertojn kaj de tempo al tempo li gastis ĉe mi, tagmanĝis, vespermanĝis kaj tranoktis en mia loĝejo.

– Jes, mi komprenas, – alrigardis ŝin Sinapov.

– Unue ŝajnis al mi, ke li estas afabla, ĝentila, li donacis al mi florojn, sed···

Natalia eksilentis, kvazaŭ hezitis ĉu daŭrigi la parolon aŭ ne.

– Sed kio okazis? – demandis tuj Sinapov por kuraĝigi ŝin paroli.

– Okazis, ke li ne estis tia, kia mi opiniis lin. Li estis egoisto, avarulo, ĉiam kalkulis la monon. Kiam li venadis al mi, malofte li aĉetis ion por vespermanĝo aŭ tagmanĝo kaj li tute evitis, ke mi gastu en lia loĝejo. Tie mi estis nur unu aŭ du fojojn. Krome li kaŝis min de siaj amikoj kaj konatoj kaj li kvazaŭ hontis, ke ni estas kune. Vere, li estis inĝeniero, mi finis nur gimnazion.

"나는 남편이 있었는데 이혼했어요.

대학에서 도네브와 함께 공부 한 제 여자 친구가 도네브를 소개해 주었어요.

내 친구가 말하길 그 사람은 독신이니 함께 사는 것이 좋겠다고 했어요."

"도네브 씨의 아파트에 살았나요?"

나탈리아가 말했다. "아니요. 우리는 같이 연극, 오페라, 음악회에 자주 갔고 때때로 내 집에 왔어요. 점심과 저녁을 먹고 내 집에서 하룻밤을 보냈지요."

"예, 알겠습니다." 시나포브가 쳐다보았다.

"처음에는 친절하고 예의 바르게 보였고 나에게 꽃을 선물했지요. 그러나…." 나탈리아는 대화를 계속할지 말지를 망설이듯 침묵했다.

"하지만 무슨 일이 있었나요?" 시나포브는 즉시 말하도록 용기를 불어주려고 질문했다.

"내가 생각했던 사람이 아니라는 사건이 생겼어요.

도네브는 이기적이고 인색하며 항상 돈 계산을 해요. 나에게 올 때 저녁이나 점심을 위해 아무것도 사 오지 않았어요.

내가 그 사람의 아파트에 오는 것을 몹시 싫어해요. 거기에 오직 한두 번 갔어요.

게다가 친구와 지인에게서 나를 숨겼고 우리가 함께 있는 것을 부끄럽게 여겼어요.

정말 도네브는 기술자였고 나는 고등학교만 마쳤어요.

Mi laboris kiel administrantino en malsanulejo. Foje li eĉ aludis, ke mi ne estas sufiĉe klera kaj tio ege ofendis min.

– Dum vi kunestis, ĉu li menciis al vi siajn konatojn aŭ parencojn? – demandis Sinapov.

– Li konatigis min kun unu kolego. Tiam ni spektis iun teatraĵon kaj en la interakto li hazarde ekvidis tiun kolegon, kiu estis tie kun sia edzino. Tiam Donev embarasiĝis kaj ne emis konatigi min kun la kolego, sed li ne havis alian eblon kaj prezentis min.

Tiun ĉi renkontiĝon en la teatro menciis Georgi Nikov al Sinapov, sed eble Natalia ne memoris, ke antaŭe ili, Natalia kaj Donev, renkontis Nikov surstrate.

– Ĉu vi scias ion pri ajna parenco de Donev? – demandis Sinapov.

– Li neniam parolis pri parencoj, sed unufoje ni ekskursis al la monaĥejo de Sankta Johano, kiu troviĝas proksime al la vilaĝo Ŝtona Rivero. Per aŭtobuso ni veturis al la vilaĝo kaj kiam ni eliris el la aŭtobuso en la centro de la vilaĝo, nin ekvidis virino, samaĝa kiel ni. Ŝi proksimiĝis al ni kaj salutis Donev. Ili interŝanĝis kelkajn vortojn kaj poste li diris al mi, ke tiu virino estas lia malproksima parencino, kuzino, kiu estis instruistino en tiu vilaĝo.

나는 병원에서 행정업무를 처리했어요.

때때로 내가 상당히 교육을 받지 못한 것을 은연중에 나타내 매우 속상했어요.”

“함께 있는 동안 지인이나 친척을 말한 적이 있습니까?” 시나포브가 물었다.

“나를 직장동료 한 명에게 소개했어요. 그때 우리는 어떤 연극을 보았는데 막 사이 쉬는 시간에 우연히 아내와 함께 있던 동료를 만났어요. 그때 도네브는 부끄러웠고 동료에게 나를 소개하고 싶지 않았지만, 달리 방법이 없어 나를 소개했어요.”

이 극장에서의 만남은 게오르기 니코브가 시나포브에게 언급했다.

그러나 아마도 나탈리아는 전에 도네브와 함께 거리에서 니코브를 본 것은 기억하지 못했다.

“도네브 씨의 친척에 대해 아는 사람이 있습니까?” 시나포브가 물었다.

“결코, 친척에 대해 말한 적이 없지만, 한번은 우리가 **슈토나 리베로 마을** 근처에 있는 ‘성 요한 수도원’에 놀러 갔어요.

마을까지 버스로 가서 마을 중심가에서 내렸을 때 우리는 같은 또래의 여성을 만났어요.

우리에게 다가와 도네브에게 인사했어요.

몇 마디 말을 나눈 뒤 도네브는 여자가 먼 친척, 그 마을에서 교사인 사촌이라고 말했어요.

Mi memoras ŝian nomon, Johana, kiel la nomo de la monaĥejo, ĉar tre malmultaj virinoj havas tiun ĉi nomon.

– Kaj kial vi disiĝis de Donev?

– Mi komprenis, ke li neniam edzinigos min al si. Li kutimis vivi sola kaj ne emis havi familion. Mi komencis eviti lin. Kiam li telefonis al mi, mi kutime diris, ke mi estas okupata aŭ mi ne emas promenadi aŭ viziti kun li teatron aŭ koncerton. Post iom da tempo li ĉesis telefoni kaj mi ne plu vidis lin. Antaŭ unu monato mia amikino, kiu konatigis min kun li, menciis ke li subite malaperis, sed mi ne komprenis kiel ŝi eksciis tion.

Natalia elprenis cigaredskatolon kaj bruligis cigaredon. Sinapov opiniis, ke por ŝi estas malagrable rememori Donev kaj la tempon, kiun ŝi pasigis kun li. Natalia malrapide diris:

– Same pri la cigaredoj ni ne interkonsentis. Li ne fumis kaj koleriĝis, ke mi fumas, tamen ĉiam mi respondis, ke la sano estas mia kaj mi mem decidos ĉu mi fumos aŭ ne.

Ŝi trarigardis la kafejon. En tiu ĉi horo de la tago ĝi estis preskaŭ plena. Ĉe la tabloj sidis gejunuloj. Ili konversaciis, ridis.

이름도 수도원의 이름처럼 요하나라고 기억해요.
그런 이름을 가진 여자는 흔하지 않기 때문이죠."
"그리고 왜 도네브 씨와 헤어졌나요?"
"결코, 나와 결혼하지 않을 것을 알았어요.
주로 혼자 살았고 가족을 갖고 싶지 않았어요.
나는 만남을 피하기 시작했죠.
전화를 걸면 보통 바쁘다고, 산책하거나 함께 극장이나
음악회에 가고 싶지 않다고 말했어요.
얼마 뒤 전화를 그만하더니 다시 만나지 않았지요.
한 달 전 그 사람을 소개해 준 친구가 갑자기 도네브가
사라졌다고 말했어요.
그러나 왜 그것을 내게 말하는지 이해하지 못했어요."
나탈리아는 담뱃갑을 꺼내 담배에 불을 붙였다.
시나포브는 나탈리아가 도네브와 함께 지낸 시간을 기
억하는 것이 불쾌하다고 생각했다.
나탈리아는 천천히 말했다.
"우리는 담배에도 생각이 달랐어요.
도네브는 담배를 피우지 않아 내가 담배를 피운다고 화
를 냈어요.
그러면 나는 항상 건강이 내 문제고, 담배를 피우거나
말거나 스스로 결정한다고 대답했죠."
나탈리아는 카페를 둘러 보았다.
이 시간에는 거의 손님이 가득 찼다. 탁자에는 젊은이
들이 앉아 있다. 그들은 말하고 웃었다.

Oni povis vidi en iliaj okuloj, ke ili amindumos, amas unu la alian. Verŝajne nun ili sentis la unuajn amtremojn.

Proksime al la tablo, ĉe kiu sidis Natalia kaj Sinapov, estis tablo, ĉe kiu sidis junulo kaj junulino, li verŝajne deknaŭjara kaj ŝi – dek ok. Li havis densan hararon kaj okulojn kiel brilajn prunojn.[22] Ŝi estis maldika kun blondaj silkaj haroj kaj similis al eta birdo. En ŝiaj bluaj okuloj videblis ĝojo kaj feliĉo. Li tenere tenis ŝian etan manon kaj ion parolis al ŝi.

Iom amare Natalia ekridetis kaj diris:

– Mi havis bonŝancon nek kun edzo, nek kun amiko. Mia edzo trinkis, estis kolerema. Kiam li ebriiĝis, li faris skandalojn. Bonŝance ni ne havis infanojn. Ni estis kune dudek jarojn kaj fin-fine mi ekkuraĝis divorci. Kiam mi konatiĝis kun Damjan, mi opiniis, ke ni loĝos kune kaj nia vivo estos bona kaj trankvila, sed bedaŭrinde mi eraris.

Ŝi eksilentis kaj denove alrigardis la gejunulojn, kiuj sidis ĉe la najbara tablo.

"Ni ĉiam revas pri bona, trankvila vivo," meditis Sinapov.

---

22) <果> 서양자두, 서양오얏, 플럼, 건포도; 자두(紫桃)

그들 눈에서 사랑에 빠지고 서로 사랑함을 볼 수 있다. 아마도 이제 그들은 사랑의 처음 떨림을 느꼈을 것이다. 나탈리아와 시나포브가 앉아 있는 탁자 옆에는 젊은 남자와 젊은 여자가 있는데, 남자는 19세였고 여자는 18세였다.

젊은이는 머리숱이 많고 밝은 자두 같은 눈을 가졌다. 아가씨는 금발의 부드러운 머리카락에 말랐다.

작은 새처럼 보였다.

파란 눈에서 기쁨과 행복을 볼 수 있다.

남자는 여자의 작은 손을 부드럽게 잡고 무언가를 말했다.

나탈리아는 조금 씁쓸하게 웃으며 말했다.

"나는 남편이나 친구 운이 없어요.

내 남편은 술 마시고 화를 잘 냈죠.

술 취해서 추문을 만들었죠.

다행히 우리에게는 자녀가 없었어요.

20년을 함께 살았고 마침내 나는 이혼할 용기를 냈죠.

내가 담얀을 만났을 때, 우리는 함께 살고 삶은 좋고 조용할 거로 생각했는데 불행히도 틀렸죠."

나탈리아는 침묵하고 옆 탁자에 앉아있는 젊은이들을 다시 바라보았다.

"우리는 항상 좋고 조용한 삶을 꿈꿉니다."

시나포브는 깊이 생각했다.

"Ni serĉas la homon kun kiu ni pasigu la vivon en konkordo kaj amo, sed pli ofte ni ne trovas tiun ĉi homon kaj ni restas profunde ofenditaj de la vivo, sentante la amaran guston de niaj malbonaj rememoroj. Senĉese ni demandas nin kial ni ne povas esti feliĉaj, kial ni ne renkontas la homon pri kiu ni revas kaj pri kiu ni sonĝas en niaj plej belaj sonĝoj. Ĉiam ni opinias, ke ni estas malfeliĉaj kaj la aliaj homoj ĝuas belegan kaj agrablan vivon. Natalia same senreviĝis. Ŝi esperis, ke kun Donev ili loĝos en trankvilo kaj interkompreno."

– Mi dankas, ke vi alvenis kaj rakontis al mi pri Donev, – diris Sinapov. – Se mi havos aliajn demandojn, ĉu mi rajtas telefoni al vi denove?

– Jes, – diris ŝi, – sed mi ne povus pli multe helpi vin. Ĝis revido. Ŝi ekstaris kaj ekiris al la pordo de la kafejo. Sinapov rigardis ŝin. Natalia surhavis malhelruĝan robon kaj grizbrunan printempan mantelon. "Kiam ŝi estis juna, verŝajne ŝi estis bela kaj alloga,[23]" meditis Sinapov. "Nun ŝia vizaĝo estas forvelkinta, kaj videblas ke ŝi jam lacas."

Post ŝi Sinapov same eliris el la kafejo, trapasis la placon antaŭ la Nacia Teatro kaj ekiris hejmen.

---

23) 흡인력 있는. 매력 있는

'우리는 조화와 사랑으로 우리 삶을 함께 보낼 사람을 찾는다. 그러나 이런 사람을 찾지 못하고 인생에서 깊은 상처를 입고 나쁜 기억의 쓴맛을 느낀다.

우리는 끊임없이 궁금해한다. 왜 우리는 행복하지 못한가? 왜 우리는 우리의 가장 아름다운 꿈에서 꿈꾸고 상상하는 그런 사람을 만나지 못하는가?

우리는 항상 우리가 불행하다고 생각하고 다른 사람들은 아름답고 즐거운 삶을 즐긴다고 주장한다.

나탈리아도 똑같이 실망했다.

도네브와 함께 그들은 평안하고 서로 이해 속에서 살기를 희망했다.'

"오셔서 도네브 씨에 대해 알려 주셔서 감사합니다." 시나포브가 말했다. "다른 질문이 있으면 다시 전화해도 되겠습니까?"

"그러세요." 라고 나탈리아가 말했다. "하지만 큰 도움이 못 될 겁니다. 안녕히 가세요."

일어나 카페 문으로 갔다.

시나포브는 나탈리아를 바라보았다.

나탈리아는 짙은 빨간색 드레스와 회색 갈색 봄 코트를 입었다.

'젊었을 때는 아름답고 매력적이었을 것인데.' 시나포브는 생각했다. '이제 얼굴은 시들어 이미 피곤하게 보인다.' 뒤이어 시나포브도 카페에서 나와 국립 극장 앞 광장을 가로질러 집으로 출발했다.

8.

La mateno estis obskura.[24] Forte pluvis. La pezaj pluvaj gutoj tamburis sur la fenestran vitron, kvazaŭ pafis mitralo.[25] Pro la densaj grizaj nuboj ankaŭ en la ĉambro regis obskuro. Danail vekiĝis, alrigardis la fenestron, sed restis kuŝi en la lito. "Aĉa vetero," meditis li acidmiene. "Ja, jam estas junio, sed ofte pluvas. Kiam fin-fine alvenos la sunaj kaj varmaj tagoj?"

Tre malrapide, sendezire li ekstaris de la lito kaj ekiris nudpieda al la banejo. Dum la varma akvo surverŝis lian nudan korpon, li rememoris kion li devas fari hodiaŭ. Tute li ne havis emon eliri el la domo, sed je la deka kaj duono li nepre devis esti en la loĝejo de Grafo. Ĉiam, kiam Danail memoris aŭ menciis Grafon, iuspeca kolero, simila al amara gusto en la buŝo, obsedis lin. Grafo ignoris lin. Memfida kaj orgojla[26] li rilatis[27] al Danail kiel al stultulo.

---

24) 어두운, 어두컴컴한, 깜깜한, 어둠의; 흐린, 몽롱(朦朧)한; (빛깔이)거무칙칙한, 분명하지 않은, 불명료한; 해석하기 어려운, 모호(模糊)한
25) <군사> 기관총
26) =malhumila, fiereg 거만한, 오만한, 교만한 건방진, 무례한.
27) 관계가 있다, 대(對)하다; 비례(比例)의 관계가 있다; 관련이 있다; <數> 상대(相對)하다

8. 다나일과 그라포

아침은 어두웠다. 비가 심하게 내리고 있었다.
큰 빗방울이 마치 기관총이 발사된 것처럼 창문 유리를
때렸다.
짙은 회색 구름으로 인해 방은 온통 침침했다.
다나일은 깨어나 창밖을 내다보면서도, 여전히 침대에
누워 있다.
"지저분한 날씨"라고 기분 나쁘게 생각했다.
"그래, 벌써 6월인데 비가 자주 오네.
맑고 따뜻한 날이 드디어 언제나 올까?"
아주 천천히, 어쩔 수 없이 침대에서 일어나 맨발로 욕
실로 갔다.
알몸에 뜨거운 물이 쏟아지자 오늘 무엇을 해야 하는지
기억했다.
집에서 나가고 싶은 마음이 전혀 없지만 10시 30분에
그라포의 아파트에 가야 한다.
다나일이 그라포를 기억하거나 언급할 때마다 항상 입
에서 쓴맛을 닮은 일종의 분노가 사로잡았다.
그라포는 다나일을 무시했다.
자신감 있고 자랑스러운 그라포는 다나일을 바보 대하
듯 상대했다.

Li ordonadis al Danail tiamaniere, kiel oni ordonas al senrajtaj servistoj kaj Danail devis tuj plenumi ĉiujn liaj kapricojn. Ne plaĉis al Danail, ke Grafo moknomis lin Beko.

"Vere," diris Danail al si mem, "mi estas iom dika kun pli akra nazo, sed kial Grafo, kiun mi antaŭe konsideris amiko, nomas min Beko?"

Danail ne ŝatis siajn vizaĝon kaj korpon kaj evitis rigardi sin en spegulo. Li, kiel ĉiuj junuloj, deziris havi koramikinon, sed la junulinoj, kun kiuj li provis amikiĝi, evitis lin. Pro tio li estis kolera, sed iom post iom li trankviliĝis kaj kredis, ke iam li trovos junulinon, kiu amos lin.

Danail eliris el la banejo, vestiĝis kaj iris en la kuirejon por prepari matenmanĝon. Li abunde matenmanĝis, ĉar li kutime ne tagmanĝis kaj vespere ofte revenis tre malfrue kaj tuj enlitiĝis sen vespermanĝi. Ĉi-matene li kuiris kafon, boligis ovojn, manĝis ŝinkon, preparis sandviĉon kun butero kaj konfitaĵo. Dum la matenmanĝo li ne ĉesis pensi pri Grafo kaj ege deziris ne renkontiĝi kun li, sed tio ne eblis.

Jam de la infaneco Danail kaj Grafo konis unu la alian. Ili lernis en la sama lernejo.

그라포는 권리를 박탈당한 종에게 명령하는 방식으로 다나일에게 명령하고, 다나일은 그라포의 모든 변덕을 그대로 받아주어야만 했다.

다나일은 그라포가 자신을 베코(매부리코)라고 별명을 붙인 것도 마음에 들지 않았다.

"정말, 나는 코가 더 뾰족하고 약간 두껍지만, 왜 한때 친구라고 생각했던 그라포가 나를 베코라고 부를까? 다나일이 혼잣말했다.

다나일은 자신의 얼굴과 몸매가 마음에 들지 않아 거울 보는 것을 피했다. 모든 젊은 남성들처럼 마음에 맞는 여자 친구를 원했지만 사귀고 싶은 젊은 여성들이 자신을 피했다. 이 때문에 화가 났지만 조금씩 차분해지며 언젠가는 자신을 사랑해 줄 아가씨를 찾을 것이라고 믿었다.

다나일은 화장실에서 나와 옷을 입고 부엌으로 가서 아침을 준비했다. 보통 점심과 저녁을 먹지 않았기 때문에 풍성한 아침을 먹었다. 자주 아주 늦게 집에 돌아와서 저녁을 먹지 않고 바로 잠자리에 들었다. 오늘 아침 커피를 타고, 달걀을 삶고, 햄을 먹고, 버터와 잼으로 샌드위치를 만들었다. 아침 식사를 하는 동안 그라포 생각하는 것을 멈추지 않고 만나지 않기를 바랐지만, 그것은 불가능했다.

다나일과 그라포는 어린 시절부터 서로 알고 지냈다. 그들은 같은 학교에서 공부했다.

Grafo estis tri jarojn pli aĝa ol Danail, sed kiam ili estis lernantoj, ĉiam ili pasigis la tempon kune, ili kune sportumis, ekzercis en boksa trejnejo, ili ne iĝis sportistoj boksistoj, sed dum kvin jaroj ili trejnis. Grafo estis pli sperta ol Danail kaj en la loĝkvartalo ĉiuj konis lin kiel Boksiston.

Post la fino de la gimnazio Grafo ekstudis en la Ekonomia Universitato, sed ne finis la studadon, li komencis okupiĝi pri kontraŭleĝaj negocoj kaj rapide iĝis tre riĉa.

Danail ne deziris studi kaj li eklaboris en maŝinfabriko, sed la laboro ne plaĉis al li. Ofte matene li malfruis, li ne estis diligenta laboristo kaj post du jaroj oni maldungis lin. Ekde tiam li komencis diversajn profesiojn, li estis servisto en kafejo, pordisto, ŝoforo. Fin-fine Grafo proponis al Danail esti lia privata ŝoforo kaj jam de unu jaro kaj duono Danail estis ŝoforo de Grafo.

Danail tamen havis malbonan pasion. Li estis hazardludemulo kaj plurajn horojn li pasigadis en diversaj kazinoj. Estis tagoj, kiam li gajnis, sed pli ofte li perdis multe da mono kaj konstante li prunteprenis monon de Grafo.

그라포는 다나일보다 3살 더 많았지만, 학생이었을 때는 항상 함께 시간을 보내고, 같이 운동을 하고, 복싱 체육관에서 훈련했다.

프로 권투선수가 되지 않았지만, 5년 동안 훈련을 받았다. 그라포는 다나일보다 더 노련했고 마을에서는 모두가 그라포를 권투선수로 알고 있었다.

고등학교를 마친 뒤 그라포는 경제 대학에서 공부했지만, 공부를 마치지 않고 불법 사업에 참여하기 시작했고 금세 큰 부자가 되었다.

다나일은 공부하고 싶지 않아 기계 공장에서 일하기 시작했지만, 그 일이 마음에 들지 않았다.

자주 아침에 지각했고, 부지런히 일하지 않아, 2년 뒤에 해고당했다.

그 뒤 다양한 직업을 전전하여, 카페의 종업원, 호텔 문지기, 운전사를 했다.

마침내 그라포가 다나일에게 개인 운전사를 제안하여 벌써 1년 반 동안 다나일은 그라포의 운전사였다.

그러나 다나일은 나쁜 습관을 지니고 있었다.

도박꾼이었고 다양한 카지노에서 몇 시간을 보냈다.

딴 날이 있었지만, 더 자주 많은 돈을 잃었고 계속해서 그라포에게서 돈을 빌렸다.

Li ŝuldis al Grafo tre grandan monsumon kaj Grafo ofte demandis, kiam li redonos la monon. Danail promesis redoni ĝin, sed prokrastis, daŭre ludis en kazinoj kaj daŭre perdis monon.

Unu tagon, antaŭ unu monato kaj duono, Grafo telefonis al Danail. Lia voĉo sonis krude kaj Danail konjektis, ke Grafo estas kolera.

– Morgaŭ je la deka venu al mi! – ordonis Grafo.

– Mi devas paroli kun ci pri io grava.

Danail komprenis, ke la konversacio estos malagrabla, sed li ne povis eviti ĝin.

La sekvan tagon je la deka horo li iris en la loĝejon de Grafo.

En sia granda domo Grafo havis ĉambron, en kiun li invitis nur tiujn homojn, al kiuj li devis sciigi ion sekretan. En la ĉambro, ne tre vasta, troviĝis nur masiva skribotablo kaj kanapo. Kiam ili eniris, Danail komprenis, ke la konversacio vere estos teda kaj malplaĉa.

Grafo alrigardis lin severe kaj obtuzvoĉe komencis:

– Beko, mi plurfoje helpis cin kaj ci jam ŝuldas al mi multe da mono.

Li iris al la skribotablo kaj el tirkesto li elprenis kelkajn foliojn.

아주 많은 돈을 그라포에게 빚지자, 그라포는 종종 돈을 언제 갚을지 물었다.

다나일은 그것을 돌려주겠다고 약속했지만 늦어지고, 카지노에서 계속 도박을 하여 꾸준히 돈을 잃었다.

한 달 반 전 어느 날 그라포가 다나일에게 전화했다. 목소리가 거칠게 들려 다나일은 그라포가 화가 났다고 생각했다.

"내일 10시에 나한테 와!" 그라포가 명령했다.

"무언가 중요한 것에 관해 이야기해야 해."

다나일은 대화가 불쾌하리라는 것을 알지만 그것을 피할 수 없었다.

다음날 10시에 그라포의 아파트로 갔다.

그라포의 큰 집에는 무언가 비밀을 말하는 사람들만 초대하는 방이 있었다.

그다지 넓지 않은 방에는 큰 책상과 소파가 놓여 있다. 그들이 들어갔을 때 다나일은 대화가 정말 지루하고 불쾌할 것임을 알았다.

그라포는 다나일을 엄숙하게 바라보더니 흐릿한 목소리로 "베코, 나는 여러 번 너를 도왔고 너는 이미 많은 돈을 빚지고 있어!" 하고 말을 시작했다.

책상으로 가서 서랍에서 몇 장의 종이를 꺼냈다.

– Jen ciaj konfirmiloj pri la monsumoj, kiujn ci ŝuldas al mi kaj de longa tempo ci ne redonas ilin.

– Sed mi promesis baldaŭ redoni··· – provis klarigi Danail.

– Ci mem ne kredas je tio, – ironie ekridetis Grafo, – ci ne ĉesas hazardludi kaj pli kaj pli profunde dronas en la koto.

Neniam ci redonos la monon, kiun ci ŝuldas al mi, tamen mi ne lasos la aferon sen postsekvoj! Ĉu ci bone komprenas min?

– Jes, – respondis Danail mallaŭte.

– Mi havas proponon.

Danail alrigardis lin streĉe kaj time.

– La banko Fideleco. Ci prirabos ĝin!

– Kion? – miris Danail.

– Jes. Ci bone aŭdis min. Ci prirabos la bankon kaj tiel vi redonos al mi la monon!

– Tamen, Grafo, ci ne povas postuli tion de mi! – protestis arde Danail.

– Mi povas, la mono estas mia! – ekkriis minace Grafo.

– La banko havas filion en la loĝkvartalo Oriento, kiu ne estas tro zorge gardata. Ci kaj Marin prirabos la bankon. Mi pretigis detalan planon kiam kaj kiel tio okazu.

"네가 내게 빚진 금액에 대한 네 각서야. 꽤 오랜 시간 돈을 돌려주지 않았어."

"하지만 곧 돌려주겠다고 약속했잖아." 다나일이 설명하려고 했다.

그라포는 비꼬듯이 작게 웃으며 "너는 도박을 멈추지 않고 더 깊고 깊은 진흙 속으로 가라앉는다는 사실을 믿지 않아. 너는 결코 내게 빚진 돈을 갚을 수 없어. 나는 결과 없이 문제를 내버려 두지 않을 거야! 잘 알겠지?"

"그래" 다나일이 부드럽게 대답했다.

"제안이 있어."

다나일은 긴장해서 소심하게 바라보았다.

"은행 피델리티. 그것을 털어!"

"뭐?" 다나일이 놀랐다.

"그래. 내 말을 잘 들어. 은행을 털어 내 돈을 갚아!"

"하지만 그라포, 그것을 나한테 요구할 수 없지!" 다나일은 격렬하게 항의했다.

"할 수 있어, 돈은 내 것이야!" 그라포가 위협적으로 외쳤다.

"은행은 그다지 감시가 세지 않은 동부 주거지역의 지점을 가지고 있어.

너와 마린이 은행을 털어.

나는 이것을 언제 어떻게 할 것인지에 대한 자세한 계획을 준비했어.

Post kelkaj tagoj ci kaj Marin ekkonos la planon. Kaj ne forgesu! Ci ne havas alian eblon! Cia sola ebleco redoni la monon estas la prirabo de la banko!

Danail staris kaj gapis al li senhelpa. Nenion li povis fari. Grafo ĉiam perforte kaj kruele solvis la problemojn kun ĉiuj, kiuj kontraŭstaris lin.

Post tri tagoj Grafo vokis Danail kaj Marin kaj sciigis al ili la planon pri la prirabo de la banko. Li donis al ili pistolojn, dirante:

– Vi verŝajne ne uzos ilin.

La filio de la banko Fideleco en la loĝkvartalo Oriento vere ne estis zorge gardata. Tage la bankofilion gardis nur unu gardisto. Danail kaj Marin eniris ĝin je la dekunua horo antaŭtagmeze. Tiam en la banko estis nur kelkaj personoj, kiuj tute ne atendis, ke ili iĝos atestantoj de prirabo. Marin minacis per la pistolo la bankgardiston kaj Danail direktis sian pistolon al la kasistino, kiu tuj donis al li ĉiun monon, kiu estis en la kaso. Dum tiuj ĉi kelkaj minutoj la tri personoj, kiuj troviĝis en la bankfilio, ŝokite kaj tremante staris dorse turniĝintaj en la angulo de la ejo.

Danail kaj Marin kure eliris el la banko kun la mono. Ekstere, sur la strato en aŭto, atendis Grafo.

며칠 뒤에 너와 마린은 계획을 알게 될 거야.
그리고 잊지 마! 너는 다른 가능성이 없어!
네가 돈을 돌려줄 유일한 기회는 은행을 터는 거야!"
다나일은 힘없이 서서 그라포를 바라보았다.
자신이 할 수 있는 일이 없었다.
그라포는 자신을 반대하는 모든 사람과 얽힌 문제를 항상 강제로 잔인하게 해결했다.
3일 뒤 그라포는 다나일과 마린을 불렀다.
은행을 약탈할 계획을 알려주었다.
그들에게 권총을 주면서 "아마 이것을 사용하지는 않겠지." 하고 말했다.
동부 주거지역의 피델리티 은행 지점은 실제로 경비가 허술했다.
낮 동안 은행 지점은 단 한 명의 경비원만 근무했다.
다나일과 마린은 오전 11시에 은행에 들어갔다.
그러나 은행에는 약탈의 증인이 되기를 전혀 기대하지 않은 사람이 몇 명밖에 없었다.
마린은 은행 경비원을 총으로 위협하고 다나일은 은행 여직원에게 권총을 겨냥하니 금고에 있던 모든 돈을 내주었다.
이 몇 분 동안 은행 지점에 있던 세 사람은 충격과 떨림에 등을 돌리고 서서 은행 구석에 있었다.
다나일과 마린은 돈을 가지고 은행에서 밖으로 뛰어 도망쳤다. 밖에 거리의 차 안에서 그라포가 기다렸다.

Danail eĉ ne kredis, ke ĉio okazis tiel rapide kaj facile, sed ekde tiam li estis ĉiam maltrankvila, konstanta timo obsedis lin, kvazaŭ sur lia kolo estis ligita maŝo,[28] kaj li pli forte komencis abomeni Grafon. Tage kaj nokte turmentis lin tio, ke en la bankfilio hazarde estis viro, kiu konis lin.

Danail eliris el la loĝejo, per la lifto descendis al la subetaĝo de la domo, kie estis garaĝo kaj la aŭto de Grafo, tre luksa Mercedes kun blindigitaj fenestroj. Danail eniris ĝin kaj ekveturis al la loĝejo de Grafo.

Grafo loĝis en la Monta Fonto, bela kvartalo de la urbo, kie troviĝis loĝejoj de la plej riĉaj familioj kaj personoj: ministroj, diplomatoj, posedantoj de entreprenoj, ĵurnalistoj, aktoroj, kantistoj···

La loĝejo de Grafo troviĝis sur la strato Nova Tagiĝo, en domo en vasta korto kun alta fera barilo. Kiam Danail proksimiĝis al la domo, la pordisto aŭtomate malfermis la metalan pordon kaj la aŭto eniris la korton. Danail eliris el ĝi kaj ekpaŝis al la domo, sonoris ĉe la pordo kaj post kelkaj sekundoj la pordo malfermiĝis.

---

28) maŝ-o (실·끈으로 만든) 동그라미, 둘레, 테, 고리, (체·그물(網) 등의) 그물눈(網目), 코, 올가미, 올.

다나일은 모든 일이 그렇게 빠르고 쉽게 이뤄진다고 믿
지도 않았다.

하지만 그때부터 항상 불안해했고, 끊임없는 두려움에
사로잡혔다.

마치 목은 올가미에 묶여 있는 듯해서 그라포를 더 많
이 미워하기 시작했다.

은행 지점에 자기를 아는 남자가 우연히 있었다는 사실
에 밤낮으로 괴로워했다.

다나일은 아파트를 나와 엘리베이터를 타고 창문에 블
라인드가 달린 매우 고급스러운 그라포의 메르세데스
차가 있는 차고, 집 지하로 내려갔다.

다나일은 차를 타고 그라포의 아파트로 출발했다.

그라포는 장관, 외교관, 사업주, 언론인, 배우, 가수와
같이 가장 부유한 사람과 가족의 거주지가 있는 도시의
아름다운 지역인 '몬타 폰토'에 살았다.

그라포의 아파트는 '노바 타기조' 거리에서 높은 철
울타리에 넓은 안뜰이 있는 집이다.

다나일이 집에 접근하자 문지기가 자동으로 금속 문을
열어 차가 마당에 들어갔다.

다나일이 차에서 내려 집으로 걸어가, 현관문 앞에서
벨을 눌렀다. 그리고 몇 초 뒤에 문이 열렸다.

La hejma servistino, dudekjara junulino, invitis lin en la gastsalonon, vastan ejon meblitan per la plej modernaj mebloj: masivaj foteloj, divano, vitra kafotablo, ŝranko kun libroj, malgraŭ ke dum la lastaj jaroj Grafo tute ne legis librojn kaj Danail tre bone sciis pri tio.

– Ĉu vi bonvolus kafon? – afable demandis la simpatia servistino, kies nigraj okuletoj, tenera korpo kaj sveltaj longaj kruroj ĉiam forte logis Danail.

– Ne, – respondis li, – hejme mi jam trinkis kafon.

– Sinjoro Kordov tuj venos, – diris la servistino kaj rapide malaperis.

Danail sidiĝis en unu el la foteloj kaj atendis. Lia rigardo direktiĝis al granda pentraĵo sur la muro. Estis iu moderna avangarda pentraĵo. Ĝi similis al densa arbaro, sed Danail ne estis tre certa. Videblis multaj arboj: nigraj, brunaj, verdaj, oranĝkoloraj kaj ruĝaj, sed ili tute ne aspektis kiel la konataj arboj, ili estis strangaj, iliaj branĉoj interplektiĝis kiel densa reto. "Mi tute ne komprenas la modernan pentroarton," meditis Danail. "Ĉu Grafo komprenas ĝin aŭ ĉu li deziras nur montri, ke li estas persono kiu komprenas arton? Granda snobo li estas. Ofte li aĉetas pentraĵojn de nuntempaj pentristoj kaj pagas multe da mono. "

스무 살 아가씨인 가정부가 거대한 안락의자, 소파, 유리로 된 커피용 탁자, 최근 몇 년 동안 전혀 읽지 않았고 다나일은 이 사실을 아주 잘 아는 책이 있는 책장과 같이 가장 현대적인 가구로 꾸며진 넓은 응접실로 다나일을 안내했다.

"커피 좀 드릴까요?" 검고 작은 눈, 부드러운 몸매, 날씬한 긴 다리로 항상 다나일을 강하게 끌어당긴 상냥한 하녀가 친절하게 물었다.

"아니, 이미 집에서 커피를 마셨어." 하고 대답했다.

"사장님이 곧 오실 것입니다." 가정부가 말하고 재빨리 사라졌다.

다나일은 안락의자 중 하나에 앉아 기다렸다.

시선은 큰 벽에 걸린 그림을 향했다.

그것은 현대 아방가르드 그림이었다.

빽빽한 숲 같지만 다나일은 그다지 확신하지 못했다.

검정, 갈색, 녹색, 주황색과 빨간색 많은 나무가 보이지만 전혀 익숙한 나무처럼 보이지 않았고, 이상하게도, 가지들이 빽빽한 그물처럼 얽혀있었다.

"나는 현대 미술을 전혀 이해할 수 없어." 하고 다나일은 생각했다.

"그라포는 그것을 이해하는가 아니면 예술을 이해하는 사람임을 보여주고 싶은 것뿐인가? 커다란 속물이다. 자주 현대 화가에게서 많은 돈을 내고 그림을 산다."

En tiu ĉi momento Grafo eniris la gastsalonon. Kiel ĉiam li estis elegante vestita, li surhavis bluan ĝinzon kaj belan helverdan puloveron el kotono.

- Ci jam estas ĉi tie, - diris Grafo. - Hodiaŭ ci havos gravan taskon. - Kiun? - demandis Danail.

- Ne rapidu. Ĉion ci ekscios.

Grafo iris al la ŝranko en la angulo de la salono, malŝlosis ĝin kaj elprenis kelkajn monerojn.

- Tiuj ĉi moneroj estas tre valoraj, - diris li, - el la dua jarcento antaŭ Kristo. Iu trezorfosisto donis ilin al mi. Mi trovis aĉetanton por ili kaj hodiaŭ ci devas iri al li kaj porti la monerojn. Atentu, ili estas tre, tre multekostaj!

Grafo donis la adreson kaj telefonnumeron de la aĉetanto. - Poste ci denove revenos ĉi tien.

- Bone, - diris Danail.

Li eliris el la domo, eniris la aŭton kaj ekveturis. Veturante Danail meditis pri la agado de Grafo. Li aĉetadis kaj vendadis antikvaĵojn, valoraĵojn, konis multajn eksterlandanojn kaj al ili vendis la artaĵojn. Danail ne sciis kiamaniere Grafo kontrabandis[29] ilin, verŝajne pere de doganistoj kaj limgardistoj, kiuj kunhelpis lin.

---

29) kontraband-o 불법(밀)매매, 밀수

이 순간 그라포가 응접실에 들어왔다.

언제나처럼 우아하게 옷을 입었는데 청바지와 멋진 연녹색 면스웨터를 입었다.

"벌써 여기 왔군." 그라포가 말했다.

"오늘 중요한 일을 할 거야.

"무슨 일?" 다나일이 물었다.

"서두르지 마. 모든 것을 알게 될 거야."

그라포는 응접실 구석에 있는 옷장으로 가서 문을 열고 동전 몇 개를 꺼냈다.

"이 동전은 매우 가치가 있어." 그라포가 말했다.

"기원전 2세기의 것이야. 보물도굴꾼이 내게 주었지. 이 동전의 구매자를 찾았어. 너는 오늘 그 사람에게 동전을 가져다주어야 해. 조심해, 그것들이 매우 매우 비싸니까!"

그라포는 구매자의 주소와 전화번호를 주었다.

"그 뒤 다시 여기로 돌아와."

"좋아." 다나일이 말했다.

집을 나와 차를 타고 떠났다.

가면서 다나일은 그라포의 행동에 대해 깊이 생각했다.

그라포는 골동품, 귀중품을 사고팔았다.

많은 외국인을 알고 작품을 그들에게 팔았다.

다나일은 그라포가 어떤 방식으로 밀수하는지 몰랐다.

아마 자기를 돕는 세관과 국경 수비대를 통할 것이다.

9.

La tago estis varmeta. Blovis febla somera vento kaj la ĉielo vastiĝis kiel mola silka ŝtofo. Eĉ unu nubeto ne videblis. Sude la monto, troviĝanta ĉe la urbo, similis al alta muro kaj en tiu ĉi serena tago oni povis bone vidi la arbojn sur ĝi, la pintojn kaj la blankajn montodomojn, kiuj aspektis kiel etaj infanaj ludiloj.

Janko Sinapov staris sur la trotuaro ĉe la aŭtobushaltejo kaj ŝajnigis ke li atendas aŭtobuson, tamen li atente observis la pordon de la granda vestfabriko Eleganteco. La fabriko situis en la norda kvartalo de la urbo, proksime al la varstacidomo[30]. Post kvin minutoj estos la kvina horo, kiam finiĝos la labortago kaj Sinapov atendis la eliron de la laboristinoj. Hodiaŭ li devis postsekvi Pavlina Nedeva por vidi ĉu ŝi vere kokras la edzon.

Je la kvina horo kaj kvin minutoj el la fabriko komencis eliradi virinoj. En la vestfabriko laboris ĉefe virinoj. Sinapov atente observis ilin. La plimulto estis junulinoj. Ie-tie inter ili videblis pli aĝaj virinoj. Ridetante, babilante la junulinoj direktiĝis al la aŭtobushaltejo. Kelkaj el ili ekiris al la varstacidomo.

---

30) var-o 상품(商品), 화물(貨物).

9. 네데바 파블리나

그날은 따뜻했다. 희미한 여름 바람이 불고 하늘은 부드러운 비단 원단처럼 넓었다.

구름 한 점조차 볼 수 없다.

도시의 남쪽에 있는 산은 높은 벽처럼 보였고 이 고요한 날에는 산 위의 나무, 봉우리와 조그마한 아이들의 장난감처럼 생긴 하얀 산장을 볼 수 있다.

얀코 시나포브는 버스 정류장의 보도에 서서 버스를 기다리는 것 같지만, 큰 의류 **공장 엘레강뗴쪼**의 출입문을 열심히 바라보았다.

공장은 도시(都市)의 북부에 있으며. 화물 기차역에서 가깝다.

5분 뒤면 근무가 끝나는 5시다.

그리고 시나포브는 여자 근로자들의 퇴근을 기다렸다. 오늘 시나포브는 네데바 파블리나를 미행해, 정말 남편을 속이고 간통했는지 확인해야 한다.

5시 5분에 여성들이 공장에서 퇴근하기 시작했다.

의류 공장에서는 주로 여성이 일했다.

시나포브는 그들을 열심히 살폈다.

대다수는 젊은 아가씨들이었다.

그들 사이 어딘가에 나이든 여성을 볼 수 있다.

웃고 수다를 떨며 아가씨들이 버스 정류장으로 향했다. 그들 중 일부는 화물 기차역으로 출발했다.

Sinapov streĉe provis rimarki Pavlina Nedeva kaj jam iĝis iom maltrankvila, ke inter tiom da virinoj li ne sukcesos tuj ekvidi ŝin. Tamen subite li rimarkis Pavlina. Ŝi paŝis kun junulino kaj ion parolis al ŝi. Sinapov denove konstatis, ke Pavlina estas tre bela. Ŝia longa hela hararo libere falis sur la tenerajn ŝultrojn kaj la laktobluaj okuloj ĝoje ridetis. Evidente Pavlina havis bonhumoron.

Ŝi kaj ŝia kolegino, kiu estis iom pli juna ol ŝi, stariĝis ĉe la aŭtobushaltejo ne tre malproksime de Sinapov. Ili daŭre konversaciis kaj li komprenis, ke ili parolas pri filmo, verŝajne pri iu el la seriaj televiziaj filmoj. Eble Pavlina ne spektis la lastan serion kaj nun ŝia juna kolegino rakontas al ŝi ĝian enhavon.

La aŭtobuso venis kaj du virinoj rapide eniris ĝin. Post ili same Sinapov eniris la aŭtobuson. Nun li devis esti tre atentema por vidi ĉe kiu haltejo eliros Pavlina. La aŭtobuso veturis al la centro de la urbo, trapasis la kvartalon de la varstacidomo kaj proksimiĝis al legomvendejo. Sinapov rimarkis, ke Pavlina iras al la pordo. Kiam la aŭtobuso haltis, ŝi diris "ĝis revido" al la kolegino kaj eliris. Li same rapide eliris post ŝi. Pavlina trapasis la straton kaj ekiris al la granda vendejo, kiu estis kontraŭ la legomvendejo.

시나포브는 파블리나를 알아차리려고 긴장하며 애썼고 그 많은 여자들 사이에서 찾을 수 없을까 이미 조금 걱정되었다. 그러나 갑자기 파블리나를 발견했다.

파블리나는 동료 아가씨와 함께 걸으며 무언가를 말했다. 시나포브는 파블리나가 매우 아름답다고 다시 한번 확신했다. 길고 가벼운 머리카락은 부드러운 어깨에 제멋대로 늘어져 있고 유백색의 파란 눈은 행복하게 웃었다. 분명히 파블리나는 기분이 좋았다.

조금 더 나이가 어린 동료와 함께 시나포브에게 멀지 않은 버스 정류장에 섰다.

그들은 계속 이야기했고 영화, 아마 TV 시리즈 중 하나에 관해 이야기하고 있음을 시나포브는 알았다.

아마도 파블리나는 마지막 시리즈를 보지 못했고 지금 젊은 동료가 그 내용을 말하고 있는 듯했다.

버스가 왔고 두 명의 여성이 빨리 탔다.

그들 뒤로 시나포브도 버스에 올라탔다.

이제 시나포브는 파블리나가 어느 정류장에서 내릴지 매우 조심해서 살펴야 했다. 버스는 화물 기차역을 지나 시내 중심지까지 운행되는데 청과물 가게로 가까이 갔다. 시나포브는 파블리나가 버스 문으로 가는 것을 알아차렸다. 버스가 멈췄을 때 파블리나는 직장 동료에게 작별 인사를 하고 내렸다. 시나포브도 서둘러 파블리나를 뒤따라 내렸다. 파블리나는 길을 건너 청과물 가게 반대편에 있는 큰 상점으로 갔다.

Sinapov postsekvis ŝin atente, ke ŝi ne rimarku lin. En la vendejo, kien eniris Pavlina, sur la teretaĝo estis kafejo. Ŝi ĉirkaŭrigardis kaj ekiris al unu el la tabloj, ĉe kiu sidis junulo. Sinapov provis bone trarigardi lin. La junulo estis altstatura kun malhelaj okuloj kaj iom bruna vizaĝo. Pavlina sidiĝis ĉe li kaj ambaŭ tuj komencis konversacii. Sinapov elektis flankan tablon por pli atente observi ilin. Pavlina kaj la junulo ne restis longe en la kafejo. Post dek kvin minutoj ili ekstaris kaj eliris. Sinapov same tuj ekstaris kaj sekvis ilin.

Ili piediris sur la straton Renesanco kaj eniris la hotelon Danubo. Jam por Sinapov ĉio estis klara. La hotelo Danubo estis unu el tiuj hoteloj en la urbo, en kiuj oni povis lui ĉambron por unu aŭ du horoj kaj Sinapov bone imagis kio okazos post ilia eniro en la hotelan ĉambron. Dum iom da tempo li staris proksime al la hotelo kaj poste li malrapide ekpaŝis. Li piediris al la strato Roza Valo, kie troviĝis lia kontoro.

Kiam antaŭ du tagoj Dinko Nedev venis al li kaj diris, ke verŝajne lia edzino Pavlina kokras lin, Sinapov ne tre kredis lin kaj supozis, ke Dinko estas iom pli suspektema, sed nun propraokule li konstatis tion kaj tiu ĉi konstato kompreneble tute ne kontentigis lin.

시나포브는 알아채지 못하도록 조심스럽게 파블리나를 뒤따라 갔다. 파블리나가 들어간 가게는 1층에 카페가 있었다. 주위를 둘러보고 탁자들 가운데 청년이 앉아 있는 곳으로 갔다.

시나포브는 그 청년을 잘 보려고 노력했다.

젊은이는 짙은 눈과 약간 갈색 얼굴에 키가 컸다.

파블리나는 옆에 앉아 대화를 시작했다.

시나포브는 그들을 주의해서 잘 살피려고 옆 탁자를 선택했다. 파블리나와 청년은 카페에서 오래 머물지 않았다. 15분 뒤 그들은 일어나서 나갔다.

시나포브도 즉시 일어나 그들을 따라 갔다.

그들은 르네상스 거리를 걸어 다뉴브 호텔에 들어갔다. 이미 시나포브에게 모든 것이 명확했다.

다뉴브 호텔은 도시에 있는 호텔 중 하나였지만 한 두 시간 동안 방을 빌릴 수 있었고 시나포브는 그들이 호텔 방에 들어간 뒤 무슨 일이 생길지 충분히 상상할 수 있다.

얼마 동안 호텔 근처에 서 있다가 나중에 천천히 걸었다. 사무실이 있는 로자 발로 거리까지 걸어갔다.

이틀 전 딩코 네데브가 와서 아마도 아내가 간통하고 있다고 말했을 때, 시나포브는 딩코의 말을 전혀 믿지 않았고 딩코가 조금 의심하는 경향이 있다고 짐작했지만, 이제는 자신의 눈으로 이것을 확인하고 기분이 좋지 않았다.

La spionado ne plaĉis al Sinapov, sed bedaŭrinde tia estis la detektiva laboro. Oni opinias, ke tio estas la ĉefa devo de detektivoj. Nun Sinapov devis informi Dinko pri la perfido de la edzino, la plej malagrabla parto de la laboro. Li supozis kiel reagos Dinko. Dum sia jam kelkjara laboro kiel privata detektivo Sinapov estis atestanto de diversaj okazoj. Estis edzoj, kiuj aŭdinte pri la perfido de la edzinoj iĝis furiozaj, kriis, blasfemis, minacis, ke ili mortigos la edzinojn. Aliaj agis tute alimaniere. Ili ĉagreniĝis, obsedis ilin doloro kaj tio videblis en iliaj tristaj mutaj rigardoj.

Sinapov supozis, ke Dinko reagos dolore. Ja, li aspektis kiel kvieta viro kaj li mem diris, ke li ne deziras divorci kaj ke li amas la familion. Tamen tia estas la vivo. La homoj renkontiĝas, edziniĝas, havas infanojn, sed en iu tago disiĝas. Neniu povas perforte ligi iun al si mem. Ni ne povas igi la homojn ami nin.

Sinapov eniris la ŝtuparejon de la konstruaĵo, en kiu troviĝis la kontoro. Li supreniris al la dua etaĝo kaj kiam li gestis por ŝalti la lampon en la koridoro, li rimarkis ke antaŭ la pordo de la kontoro staras Dinko.

– Ho, vi estas ĉi tie, – diris Sinapov.

– Mi atendas vin. Mia edzino nek hodiaŭ revenis hejmen post la fino de la labortago.

시나포브는 첩보 활동을 좋아하지 않았지만, 불행히도 탐정의 직업이 그런 것이었다. 이것이 탐정의 주요 임무라고 생각한다. 이제 시나포브는 일에서 가장 불쾌한 부분인 아내의 배신에 대해 딩코에게 알려야 한다.

딩코가 어떻게 반응할지 추측했다.

사립탐정으로 수년간 일하면서 시나포브는 다양한 경우를 목격했다.

남편이 아내의 배신을 듣고서 분노하고, 소리 지르고, 욕하고, 아내를 죽이겠다고 위협했다.

어떤 사람들은 아주 다르게 행동했다.

그들은 화가 났고 슬프고 말이 없는 시선에서 볼 수 있는 고통에 가득 찼다. 시나포브는 딩코가 고통스럽게 반응할 것이라고 짐작했다. 실제로 조용한 사람처럼 보였고 자신은 이혼을 원하지 않으며 가족을 사랑한다고 말했다. 그러나 인생은 그런 것이다.

사람들은 만나고, 결혼하고, 자녀를 갖지만 어느 날 헤어진다. 누구도 누군가를 강제로 묶을 수 없다. 우리는 사람들이 우리를 사랑하게 만들 수 없다.

시나포브는 사무실이 있는 건물의 계단 통에 들어갔다. 2층으로 올라갔고 복도에 있는 전등을 켜려고 손짓했을 때 딩코가 사무실 문 앞에 서 있는 것을 발견했다.

"오, 여기 계셨네요." 시나포브가 말했다.

"저는 탐정님을 기다리고 있습니다. 제 아내는 오늘 일이 끝난 뒤 집으로 돌아오지 않았습니다."

– Mi scias, – diris Sinapov.

Li malŝlosis la pordon kaj invitis Dinkon en la kontoron.

– Bonvolu sidiĝi, – proponis Sinapov. – Ĉu vi deziras mineralan akvon?

– Dankon.

Sinapov verŝis akvon en glason kaj donis ĝin al Dinko. Dinko prenis la glason, rapide fortrinkis la akvon, metis la glason sur la skribotablon kaj denove mallaŭte diris:

– Dankon.

Liaj okuloj esprimis ĉagrenon kaj febran demandon.

– Ĉu⋯ – li ne havis forton por daŭrigi la frazon.

– Jes, – respondis Sinapov. – Vi pravis. Via edzino bedaŭrinde havas amanton.

Dinko klinis la kapon kaj post longa paŭzo li ekparolis kvazaŭ al si mem:

– Tiom multe mi amas ŝin. Kiam ni estis junaj, mi kaj ŝi loĝis en la urbo Poplo, ni estis najbaroj. Ni amis unu la alian, geedziĝis, venis loĝi ĉi tien. Kiam ni venis, ni ne havis loĝejon. Mi komencis labori kiel konstruisto. Mi kromlaboris por gajni monon por nia propra loĝejo. Fine ni ekhavis loĝejon. Naskiĝis nia filineto Rosi.

"알아요." 시나포브가 말했다.

시나포브는 문을 열고 딩코를 사무실로 안내했다.

"앉으세요." 라고 시나포브가 제안했다.

"생수를 드실래요?" "감사합니다."

시나포브는 잔에 물을 붓고 딩코에게 주었다.

딩코는 잔을 들어 재빨리 물을 다 마시고 잔을 책상 위에 놓고 다시 부드럽게 "감사합니다." 라고 말했다.

눈은 좌절감과 열렬한 질문을 표현했다.

"저…" 딩코는 말을 계속 이을 힘이 없었다.

"예." 시나포브가 대답했다.

"손님이 옳았어요.

부인은 불행히도 연인이 있었어요."

딩코는 고개를 숙이고 긴 멈춤 후에 마치 자신에게 말하는 것처럼 말했다.

"나는 아내를 너무 사랑합니다.

우리가 어렸을 때 아내와 나는 **포플러 시(市)**에서 살았습니다, 우리는 이웃이었습니다.

우리는 서로 사랑하고 결혼했고 여기에 와서 살게 되었습니다. 우리가 여기 왔을 때 집이 없었습니다.

저는 건축업자로 일하기 시작했습니다.

우리 집을 마련하기 위해 돈을 벌려고 초과 근무를 했습니다.

결국, 우리는 살 집을 마련했습니다.

우리의 작은 딸 로시가 태어났습니다.

Pavlina trovis bonan laborpostenon kaj kiam mi opiniis, ke nia vivo jam estas trankvila kaj feliĉa, jen kio okazis.

– Ni ne scias kiam la malfeliĉo surprizos nin, – diris Sinapov, – sed eble ne ĉio estas perdita. Eble ŝi pripensos, komprenos, ke ŝi eraris kaj vi devas pardoni ŝin. En la vivo estas momentoj, kiam ni devas pardoni la homojn, kiuj eraras, kiel Dio pardonas nin.

– Estos ege malfacile, – elspiris Dinko. – Mi dankas vin, sinjoro Sinapov, – diris li, stariĝis kaj malrapide, kvazaŭ li estis terure laca, foriris.

Sinapov restis senmova, sidanta ĉe la skribotablo.

파블리나는 좋은 직장을 찾았고 우리의 삶은 이미 조용하고 행복하다고 저는 생각했습니다.

그런데 이런 일이 생겼습니다."

시나포브는 "불운이 언제 우리를 놀라게 할지 모릅니다." 하고 말했다.

"하지만 모든 것을 잃은 것은 아닙니다.

아마 부인은 자신이 틀렸다는 것을 이해하고 손님이 부인을 용서해야 한다고 생각할 것입니다.

인생에서 실수를 저지른 사람들을, 하나님께서 우리를 용서하시는 것처럼 용서해야 할 때가 있습니다."

"매우 어려울 것입니다." 딩코가 한숨을 내 쉬었다.

"감사합니다, 탐정님." 하고 말한 뒤 딩코는 몹시 피곤한 듯 천천히 일어나서 떠났다.

시나포브는 책상에 앉아 움직이지 않았다.

10.

Ĉi-vespere en la kazino Ali Baba estis multaj homoj. Pluraj el ili kun vizaĝoj streĉitaj, maltrankvilaj, fiksrigardis la rapidan rotacion[31] de la ruletoj. Ĉe unu el la tabloj estis Danail. Lia mieno esprimis kontenton kaj memfidon. Nun li havis multe da mono kaj povis trankvile ludi. Post la forrabo de la banko li kondutis kiel vera riĉulo, aĉetis por si multekostajn aĵojn, eble iujn li ne tre bezonis, tamen havigis ilin al si por montri, ke li povas permesi al si ĉion, kion li deziras. Ekde tiam li vestis sin elegante kaj strebis simili al Grafo, li aĉetis blankan kostumon, kiel estis tiu de Grafo, helbluan ĉemizon kaj ĉerizkoloran kravaton. "Ĉu nur Grafo povas esti elegante kaj mode vestita," diris al si mem Danail, "ja mi ankaŭ estos elegante vestita."

Ĉi-vespere Danail surhavis la blankan kostumon kaj tre gravmiene staris ĉe la tablo kun ruleto. Li deziris, ke ĉiuj ĉirkaŭ li rimarku, ke li estas riĉa, grava persono, ke li ne estas iu ordinara homo kiu hazarde eniris la kazinon. "Oni sciu, ke mi povas permesi ĉion al mi mem. Neniu provu ordoni al mi.

---

31) rotaci-i <自> 회전하다, 돌다, 순환하다, 자전(自轉)하다.

10. 알리바바 카지노

오늘 밤 '**알리바바**' 카지노에 많은 사람들이 있었다. 긴장하고 불안한 얼굴로 몇 명은 룰렛 바퀴의 빠른 회전을 응시했다.

탁자 중 하나에 다나일이 있었다.

표정은 만족과 자신감을 나타냈다.

이제 많은 돈을 가지고 있어 편안하게 놀 수 있다.

은행 강도 사건 이후 진짜 부자로서 행동했다.

자신이 원하는 모든 것을 감당할 수 있음을 보여주기 위해 그다지 필요하지 않지만, 값비싼 물건을 샀다.

그 뒤로 우아하게 옷을 입고 그라포를 닮으려고 노력했다. 그라포와 마찬가지로 흰색 정장, 하늘색 셔츠와 체리 색 넥타이를 샀다.

'오로지 그라포만 우아하고 멋지게 옷을 입을 수 있나?' 다나일은 혼잣말하며 '정말 나도 우아하게 입을 수 있어.'

오늘 밤 다나일은 흰색 정장을 입고 신중한 표정으로 룰렛이 있는 탁자 옆에 서 있다.

주변의 모든 사람이 자신이 부자이고 우연히 카지노에 들어온 평범한 사람이 아닌 중요한 사람이라고 깨닫기를 원했다.

"사람들이 내가 자신에게 모든 것을 허용할 수 있다는 것을 알아야 해. 아무도 나에게 명령할 수 없어.

Libera mi estas kaj mi hazardludos ĉiam, kiam mi deziras," rezonis li, rigardante la kuradon de la ruleta pilko.

Ĉe la sama tablo sidis kelkaj junulinoj, tre belaj kaj tre allogaj. Danail forte deziris, ke ili rimarku lin. Eĉ dum la ludado li provis alparoli unu el junulinoj, kiu staris apud li. Alta kun tenera korpo, ŝi havis mildan vizaĝon kaj verdecajn okulojn migdalformajn. De tempo al tempo ŝi alrigardis Danail kaj enigme ridetis.

– Ĉi-vespere ni havos bonŝancon, – diris Danail al la junulino.

– Certe, – respondis ŝi kaj denove ĉarme ekridetis al li.

En la kazino, ĉirkaŭ la tabloj, junaj kelnerinoj kun mallongaj jupoj servis alkoholaĵon kaj konstante afable invitadis la ludantojn refreŝigi sin per glaso da vodko, konjako aŭ viskio.

Danail proponis al la junulino staranta ĉe li, ke li regalos ŝin per iu trinkaĵo.

– Dankon, – diris ŝi milde, – sed mi preferas, ke ni trinku ion en la bufedo de la kazino. Tie ni trankvile sidos kaj trinkos.

– Bonege, – konsentis li. – Post la fino de tiu ĉi ludo ni iros al la bufedo.

나는 자유롭고 내가 원할 때마다 도박을 할 거야.” 룰렛 공의 움직임을 자세히 쳐다보면서 속으로 생각했다.
같은 탁자에 매우 아름답고 매력적인 젊은 여성들이 앉았다.

다나일은 그들이 자신을 알아차리길 간절히 원했다.

게임 중에도 옆에 서 있던 아가씨 중 한 명에게 말을 걸었다.

아가씨는 키가 크고 부드러운 몸매, 부드러운 얼굴과 초록빛 아몬드 모양의 눈을 가졌다.

때때로 다나일을 쳐다보고 수수께끼 하듯 웃었다.

“오늘 밤은 운이 좋을 거야.”

다나일이 아가씨에게 말했다.

“물론이죠.” 아가씨가 대답하고 다시 매력적으로 웃었다. 카지노에서 탁자 주위에 짧은 치마를 입은 젊은 여종업원이 술을 가져다주며 게임을 하는 사람들에게 한 잔의 보드카, 브랜디 또는 위스키로 자신을 재충전하라고 끊임없이 친절하게 안내했다.

다나일은 옆에 서 있는 아가씨에게 술을 대접하겠다고 제안했다.

“고마워요..” 아가씨는 부드럽게 말했다.

“하지만 카지노의 뷔페에서 술을 마시고 싶어요. 거기에서 우리는 조용히 앉아 술을 마셔요.”

“아주 좋아요.” 다나일이 동의했다.

“이 게임이 끝나면 뷔페로 갑시다.”

La pilko haltis sur la numero 21 (ruĝa) kaj Danail estis ege kontenta, ĉar li gajnis. Li turnis sin al la junulino kaj feliĉmiene diris:

- Nun ni povas iri al la bufedo.

Ambaŭ ekiris. Malgraŭ ke en la bufedo estis multe da homoj, Danail rimarkis liberan tablon kaj kun la junulino iris al ĝi. Kiam ŝi sidiĝis, li demandis kion mendi por ŝi kaj ŝi respondis, ke ŝi trinkos francan konjakon.[32] Danail tuj ekiris kaj post nelonga tempo li revenis kun du glasoj, en la unua - franca konjako kaj en la alia - viskio por li. Li donis la konjakon al la junulino, sidiĝis ĉe la tablo kaj diris:

- Je via sano. Mi ĝojas konatiĝi kun vi. Kiel vi nomiĝas?

- Neli, - respondis la junulino. Kompreneble ŝi ne diris sian veran nomon kaj Danail ankoraŭ ne supozis, ke ŝi ne hazarde troviĝas en la kazino. Ja ŝi estas unu el la junulinoj ĉi tie, kies tasko estas instigi la gastojn pli aktive kaj pli kuraĝe ludi.

- Mia nomo estas Danail, - diris li.

- Danail, profeto. Vi estas la profeto Danail, kiu en Babilono savis de mortkondamno Susana, - ekridetis Neli.

---

32) 꼬냑 《프랑스 konjako 지방에서 나는 brando》

공은 21번 (빨간색)에서 멈췄고 다나일은 이겼으므로 매우 기뻤다. 아가씨를 향해 행복하게 말했다.

"이제 뷔페에 갈 수 있습니다."

둘 다 출발했다.

뷔페에 많은 사람이 있었지만 다나일은 빈 탁자를 찾아서 아가씨와 함께 그리로 갔다.

자리에 앉았을 때 다나일이 아가씨에게 무엇을 주문할지 묻자 프랑스 코냑을 마시겠다고 대답했다.

다나일은 즉시 출발해서 얼마 지나지 않아, 아가씨를 위한 프랑스 코냑 한 잔과 자신을 위한 위스키 한 잔을 들고 돌아왔다.

코냑을 아가씨에게 건네주고 탁자에 앉아 말했다.

"건강을 위하여. 만나서 반갑습니다. 이름이 무엇입니까?" "넬리입니다." 아가씨가 대답했다.

물론 진짜 이름을 말하지 않았다.

다나일은 넬리가 카지노에 있는 것이 우연이 아니라고 짐작조차 하지 못했다.

실제로 넬리는 손님을 더 적극적으로 격려하고 더 용감하게 경기하도록 부추기는 이곳의 젊은 여성 중 한 명이었다.

"제 이름은 다나일입니다." 하고 말했다.

"다나일, 예언자. 선생님은 바빌론에서 수잔나를 사형선고에서 구원한 예언자 다나일이시군요." 하고 넬리가 조그맣게 웃었다.

Danail tute ne komprenis kion ŝi mencias, sed plaĉis al li, ke Danail, profeto savis iun virinon.

– Verŝajne vi savos min de monperdo ĉi-vespere kaj vi montros al mi kiel sukcese ludi, – aldonis Neli.

– Kompreneble, – tuj jesis Danail.

– Mi vidis, ke vi spertas pri ludado, – daŭrigis Neli. Ŝia voĉo sonis agrable, melodie kaj ŝiaj migdalaj okuloj daŭre tenere rigardis Danail. – Verŝajne vi ofte hazardludas?

– Ne tiel ofte, sed mi ŝatas hazardludi. Tiel mi distra s[33] min kaj liberiĝas de la ĉiutagaj problemoj, – klarigis Danail.

– Certe vi havas gravajn okupojn, – supozis Neli. – Pri kio vi okupiĝas? – kaj ŝi scivole alrigardis lin.

– Mi havas entreprenojn, – respondis aplombe[34] li. – Ĉiutage mi devas zorgi pri multaj oficistoj, negoci, kontrakti kun eksterlandaj kunlaborantoj.

Danail deziris prezenti sin kiel grava persono kaj li trankvile mensogis ŝin, ke li gvidas seriozan internacian entreprenon.

– Sendube vi perlaboras multe da mono kaj tial vi amuziĝas hazardludante, – rimarkis ŝi.

---

33) distr-i 주의를 딴 데로 돌리게 하다. 마음을 어수선하게 하다. * (상쾌하게)기분을 전환시키다. 즐겁게 하다. * 분산시키다.
34) aplomb-o 태연자약, 침착, 진정, 대단한 자신(自信).

다나일은 넬리가 언급한 내용을 전혀 이해하지 못했지만, 예언자인 다나일이 여자를 구했다는 사실이 맘에 들었다.

"정말로 선생님은 오늘 밤 돈을 잃지 않도록 저를 구하고 어떻게 잘 경기하는지 알려주셨어요." 젤리가 덧붙였다.

"물론이지." 다나일이 즉시 동의했다.

넬리는 계속해서 "선생님이 게임을 잘하는 것을 봤습니다."

넬리의 목소리는 친절하고 기분 좋게 들렸고, 아몬드 모양의 눈은 계속해서 다나일을 부드럽게 응시했다.

"아마 자주 게임을?"

"자주는 아니지만, 게임을 좋아합니다. 그래서 나는 나 자신을 기분 전환하고 일상적인 문제에서 해방됩니다." 하고 다나일이 설명했다.

넬리는 "확실히 중요한 직업이 있으시군요. 무슨 일을 하십니까?" 넬리는 호기심으로 바라보았다.

"저는 사업을 해요." 다나일은 자신 있게 대답했다.

"매일 많은 직원에 대해 관리하고 협상하고 외국 협력자와 계약해야 합니다." 다나일은 자신을 소중한 사람으로 소개하고 싶어 중요한 국제 기업을 이끌고 있다고 침착하게 거짓말을 했다.

"당연히 돈을 많이 벌기 때문에 도박을 즐기시는군요." 넬리가 알아차렸다.

– La mono ne estas problemo, – fiere diris li. – La mono estas por ke oni elspezu ĝin.

Ĉu en la kazino, ĉu aliloke – ne gravas. Gravas la plezuro de la vivo.

– Jes, kompreneble. La vivo devas esti plezuro, – konsentis Neli kaj iom per sia dekstra mano ŝi ordigis hartufon, kiu falis sur ŝian glatan frunton.

– Kaj kio etas via profesio? – demandis Danail.

– Mi ankoraŭ studas. Mi estas studentino, – mensogis same Neli.

– Bonege. Kion vi studas?

– Filologion. Anglan filologion, – respondis ŝi.

– Ĉu vi unuafoje estas en kazino? – demandis Danail.

– Ne. Mi jam kelkfoje ludis.

– Tio signifas, ke vi ankaŭ havas monon? – supozis li.

– Jes. Mia patro posedas grandan bienon. Li estas bienulo, li bredas bovinojn kaj vivtenas min, – Neli denove milde ekridetis.

– Estas bone havi riĉan patron, – rimarkis Danail.

– Li ege amas min kaj ĉiam donas al mi multe da mono, sed ne ĉiam mi utiligas tiun ĉi lian malavarecon. Ĉu ni daŭrigu ludi? Nun ni provu la kartludadon.

– Kompreneble, tuj, – konsentis li.

"돈은 문제가 되지 않습니다." 자랑스럽게 말했다. "돈은 쓰라고 있는 것입니다.

카지노에서든 다른 곳에서든 상관 없습니다.

중요한 것은 삶의 기쁨입니다."

"예. 물론 이죠. 인생은 즐거워야 합니다."

넬리는 동의하고 오른손으로 매끄러운 이마에 떨어진 머리카락을 조금 정리했다.

"그리고 아가씨의 직업은 무엇입니까?" 다나일이 물었다. "아직 공부 중이에요. 저는 학생이에요." 넬리도 거짓말을 했다.

"좋아요. 무슨 공부를?"

"문헌학. 영문학." 이라고 대답했다.

"카지노는 처음입니까?" 다나일이 물었다.

"아니요. 전에 몇 번 게임했습니다."

"돈이 있다는 뜻인가요?" 하고 추측했다.

"예. 아버지는 큰 농장을 소유하고 있습니다.

농부이고 암소를 길러 저를 지원해주셔요."

넬리는 다시 부드럽게 웃었다.

"부자 아버지가 있다는 것은 좋은 일입니다." 라고 다나일은 말했다.

"아버지는 나를 아주 많이 사랑하고 항상 나에게 많은 돈을 주지만 관대함을 이용하는 것은 항상은 아닙니다. 계속 게임할까요? 이제 카드 놀이를 시도해 보시죠."

"물론 당장." 다나일이 동의했다.

Ili ekstaris, eliris el la bufedo kaj iris al la tablo kie oni kartludis.

– Mi preferas kartludi, – diris Danail, – ĉar mi pli multe gajnas.

– Ĉu? – alrigardis lin admire Neli.

– Jes. Rimarku. Oni ludas per tridek kartoj. Se la plej supra karto de la krupiero estas 7, 8, 9 10, fanto, damo, reĝo aŭ aso, la ebleco gajni estas pli granda. Vi nur devas atente nombri la kartojn, – klarigis Danail.

– Ho, mi vidas, ke vi estas tre sperta.

Ili komencis ludi kaj dume Danail planis, ke post la ludado li akompanos Neli kaj pasigos kun ŝi la nokton. Tio flamigis lin kaj li pli entuziasme ludis, sed li komencis rapide perdi multe da mono. Neli staris ĉe li kaj instigis lin daŭrigi la ludadon.

Neatendite en la kazinon eniris Grafo kun du junuloj. Ili trapasis la vastan salonon, rigardante la tablojn kaj la ludantojn. Subite Grafo rimarkis Danail, rapide proksimiĝis al li, ekstaris ĉe la tablo kaj severe diris:

– Ĉu ci denove estas ĉi tie kaj ludas? Se mi bone vidas, ci jam perdis multe da mono!

Danail turnis sin al li kaj krude grumblis:

– Ci ne ordonu kion mi faru kaj for de ĉi tie!

– Atentu kion ci diras! – minacis lin Grafo.

그들은 일어나서 뷔페에서 나와 카드놀이를 하는 탁자로 갔다.

"나는 카드놀이를 선호해요. 내가 더 많이 이기기 때문에." 다나일이 말했다.

"그래요?" 넬리는 감탄스럽게 바라보았다.

"예. 보세요. 30장의 카드로 게임을 합니다. 상단 카드의 경우 7, 8, 9, 10, 잭, 퀸, 킹 또는 에이스, 이길 기회가 더 많습니다. 해야 할 일은 카드를 세심하게 세는 것뿐입니다." 라고 다나일은 설명했다.

"오, 선생님은 아주 경험이 많군요."

그들은 게임을 시작했고 하면서 다나일은 게임이 끝난 뒤 넬리와 함께 밤을 보내려고 계획했다.

그것이 가슴에 불을 질러 더 열정적으로 게임을 했다.

그러나 빠르게 많은 돈을 잃기 시작했다.

넬리는 곁에 서서 게임을 계속하도록 부추겼다.

뜻밖에도 그라포가 두 청년과 함께 카지노에 들어왔다. 그들은 넓은 홀을 둘러보며, 탁자와 게임을 하는 사람들을 바라보았다. 갑자기 그라포가 다나일을 발견했다. 재빨리 다가가 탁자에 서서 단호하게 말했다.

"또 여기 와서 놀고 있니? 내가 잘 보았다면 이미 많은 돈을 잃었겠지."

다나일은 그라포에게 돌아서서 거칠게 으르렁거렸다.

"내가 무엇을 하든지 명령하지 말고 여기서 나가!"

"네가 하는 말에 주의해!" 그라포가 위협했다.

- Mi ne donos al vi pli da mono!

- Mi ne bezonas cian putrintan monon! - ekkriis Danail.

La alkoholaĵo, kiun Danail trinkis, jam ebriigis lin kaj li estis nervoza.[35]

- Ci denove venos al mi kaj petos monon, - Grafo alrigardis lin kolere.

Tiam Danail ĵetis la kartojn sur la tablon, turnis sin al Grafo kaj provis pugne bati lin, sed la junuloj, kiuj staris ĉe Grafo, rapide kaptis Danail.

- Portu tiun ĉi porkon eksteren kaj batu lin! - ordonis Grafo al la junuloj.

Ili forportis Danail eksteren. Neli staris senmova kaj konsternite rigardis kio okazis. Ja, ŝi tute ne supozis, ke ŝi iĝos atestantino de tia kverelo. "Tamen la ulo estis simpatia," dirs al si mem Neli.

---

35) 신경과민의, 신경쇠약의, 신경질의, 신경불안의, 신경에 자극 잘 받는

돈을 더 많이 주지 않을거야!"

"썩은 돈은 필요 없어!" 다나일이 외쳤다.

다나일은 마신 술에 이미 취했고 매우 긴장했다.

그라포는 "다시 내게 와서 돈을 달라고 할걸'하고 화가
나서 바라보았다.

그때 다나일은 카드를 탁자에 던지고 그라포를 향해 주
먹으로 때리려고 했지만 그라포 옆에 서 있던 젊은이들
이 재빨리 다나일을 붙잡았다.

"이 돼지를 밖으로 데리고 나가서 때려줘라!" 청년들
에게 그라포가 명령했다.

그들은 다나일을 밖으로 데리고 갔다.

넬리는 움직이지 않고 서서 무슨 일이 생겼는지 바라보
았다.

그런 싸움의 증인이 될 것이라고 전혀 기대치 않았다.

"하지만, 그 남자는 친절했어요." 넬리는 혼잣말했다.

11.

La nokto estis silenta. Nur de tempo al tempo preterpasis aŭto sur la larĝa strato antaŭ la sesetaĝa domo, en kiu loĝis Sinapov. Ĉi-nokte li ne povis dormi kaj li kuŝis senmova en la lito. Ĉe li Lili, la edzino, profunde dormis kaj ŝia ritma spirado vekis en li tenerajn sentojn. Lili similis al senzorga infano, kiu dolĉe dormas post la longa tuttaga ludado. Sinapov sciis, ke ŝi multe laciĝas en la lernejo. La lernantoj estas petolemaj, dum la lecionoj ili ne multe atentas, ili parolas unu kun alia, ne lernas diligente kaj Lili devas per granda peno instrui ilin, klarigi al ili la malsimplajn matematikajn teoremojn kaj montri kiel ili solvu la malfacilajn taskojn. Ŝi strebis esti perfekta instruistino, ŝia celo estis, ke la lernantoj bone ekposedu la matematikon kaj kiam ŝi vidis, ke iuj lernantoj neglektas la lernadon, ŝi sentis turmenton kaj malkontenton.

Sinapov atente senbrue ellitiĝis kaj iris al la balkono, profunde enspiris la friskan noktan aeron kaj alrigardis la ĉielon. Estis sennuba malhelblua nokto kun sennombraj steloj, similaj al etaj diamantoj, disĵetitaj sur vastega velura tolo.

11. 바크린 샤로브

밤은 조용했다.

가끔 시나포브가 살았던 6층 집 앞의 넓은 거리를 차가 지나갔다.

오늘 밤 잠을 이룰 수 없어 침대에 움직이지 않고 누워 있다.

옆에서 아내 릴리는 깊이 잠들었고 고른 숨소리는 부드러운 감정을 불러일으켰다.

릴리는 온종일 긴 놀이를 마치고 푹 자는 태평스러운 아이처럼 보였다.

시나포브는 아내가 학교에서 매우 피곤하다는 것을 알았다. 학생들은 장난스럽고 수업 중에는 별로 주의를 기울이지 않고 서로 떠들고 부지런히 배우지도 않아 릴리는 아주 열심히 가르치고 복잡한 수학적 정리를 설명하고 어려운 문제를 해결하는 방법을 보여주어야 했다. 완벽한 교사가 되기 위해 노력했다.

목표는 학생들이 수학을 잘 습득하는 것이고 일부 학생들이 배움을 소홀히 하면 고통과 불만을 느꼈다.

시나포브는 조용히 일어나 발코니로 가서 상쾌한 밤공기를 깊이 마시고 하늘을 올려다보았다.

구름이 없는 짙은 푸른 밤에는 거대한 벨벳 캔버스에 뿌려져 있는 작은 다이아몬드를 닮은 무수한 별이 반짝였다.

Por li la nokta ĉielo estis ĉiam granda enigmo. Li ŝatis longe observi ĝin kaj demandis sin ĉu vere ankaŭ tie ege, ege malproksime sur nekonata planedo vivas homoj. Kiel ili aspektas, kiaj ili estas kaj ĉu ili havas la samajn problemojn kaj zorgojn kiel la homoj sur Tero? Ĉu tie, inter ili, estas ŝtelistoj kaj rabistoj, ĉu okazas murdoj kaj militoj, tertremoj kaj inundoj?

Pluraj demandoj al kiuj neniu povas respondi. Ĉu eblas, ke ie malproksime vivas homoj, kiuj tute ne similas al ni, kiuj estas bonanimaj, karaj, edukitaj, kleraj, ne ŝtelas kaj tute ne scias kio estas murdo kaj milito? Ĉu ie povas ekzisti ideala perfekta mondo? Ja, la homoj mem organizas sian vivon. Se ili estas prudentaj, saĝaj, ili verŝajne kapablos organizi bone la vivon, ili evitos malicon, malamon, ĵaluzon, envion. Ili ĉiuj laboros kaj ilia vivo pasos trankvile kaj agrable. Kial ĉi tie, sur la Tero, la homa vivo estas malfacila? Sinapov rememoris diversajn okazaĵojn el sia laboro, la homojn, kiuj venis al li kun diversaj petoj, kiel Bojan, kiu serĉas sian onklon, kiel Dinko, kies edzino kokras lin.

La serĉado de Damjan Donev montriĝis malfacila.

시나포브에게 밤하늘은 항상 대단한 수수께끼였다.

오랫동안 그것을 쳐다보는 것을 좋아했고 아주 멀리 떨어져 정말로 알려지지 않은 행성에서 사람들이 살고 있는지 궁금했다.

어떻게 생겼는지, 어떤 모습인지, 지구상의 사람들처럼 같은 문제와 걱정이 있을까?

거기에서 그들 중에 도둑과 강도가 있을까?

살인과 전쟁, 지진과 홍수가 있을까?

아무도 대답할 수 없는 몇 가지 질문이다.

멀리 어딘가에 우리와 전혀 다르게 친절하고 사랑스럽고 교육받은 사람이고 현명하여 도둑질하지 않고 살인과 전쟁이 무엇인지 전혀 알지 못하는 사람들이 살고 있을까?

어딘가에 이상적이고 완벽한 세상이 있을까?

실제로 사람들은 자신의 삶을 만든다.

만약 그들이 겸손하고 현명하다면 삶을 잘 정리할 수 있을 것이고, 악의, 증오, 질투, 부러움을 피할 것이다. 그들은 모두 일하고 그들의 삶은 조용히 그리고 즐겁게 지나갈 것이다.

왜 여기 지구에서 인간의 삶이 어려울까?

시나포브는 일거리에서 여러 가지 사건과 삼촌을 찾는 보얀처럼, 부인의 간통을 의뢰한 딩코처럼 다양한 요청하고 온 사람들을 회상했다.

담얀 도네브에 대한 수색은 어려웠다.

Sinapov jam renkontiĝis kaj parolis kun lia ekskolego Georgi Nikov, kun Natalia, la virino kun kiu Donev kunvivis dum unu jaro kaj duono, sed nenion konkretan li eksciis pri la kialo de la malapero de Donev. Sinapov esperis, ke de la renkontiĝoj kaj konversacioj kun la konatoj de Donev li sukcesos rimarki fadenon, kiu helpos lin malplekti tiun ĉi strangan okazintaĵon, sed ĝis nun li ne trovis la gravan fadenon.

Hieraŭ Bojan, la nevo, telefonis al li kaj Sinapov devis diri, ke li bedaŭrinde ankoraŭ ne povas klarigi kio ĝuste okazis al Donev. Tamen Sinapov havis planon renkontiĝi ankoraŭ kun kelkaj personoj.

– Eble ni plu ne serĉu lin, – proponis Bojan. – Jam klaras, ke neniam ni ekscios kio okazis kaj kial tiel subite kaj senspure li malaperis.

– Ne, – respondis Sinapov, – mi ne rezignos! Nur post kiam mi plenumos mian tutan planon, nur tiam mi konstatos ĉu mi sukcesis aŭ ne. Vi scias, ke laboro de detektivo postulas tempon kaj paciencon. Ĝis nun en mia preskaŭ dekjara laboro mi tre malofte ne sukcesis. Mi havis ege malfacilajn okazintaĵojn kaj mi solvis ilin. Mi esperas, ke ankaŭ nun mi sukcesos!

Sinapov decidis esti pli obstina.

시나포브는 이미 도네브의 전 동료인 게오르기 니코브, 1년 반 동안 함께 살았던 여성 나탈리아와 만나 이야기를 나누었다.

하지만 도네브의 실종 이유에 대해 구체적으로 아무것도 알 수 없었다.

시나포브는 도네브의 지인을 만나 대화해서 이 이상한 사건을 풀어줄 실마리 찾기를 바랐다.

그러나 지금까지 중요한 실마리를 찾지 못했다.

어제 조카 보얀이 전화를 했고 시나포브는 삼촌 도네브에게 정확히 무슨 일이 일어났는지 설명하는 것은 안타깝게 아직 불가능하다고 말해야 했다.

그러나 시나포브는 아직 몇 사람과 다시 만날 계획이다.

"아마 우리는 더는 찾지 못할 겁니다." 라고 보얀이 건의했다.

"무슨 일이 일어나 왜 그렇게 갑자기 흔적도 없이 사라졌는지 우리는 결코 알지 못할 게 이미 뻔합니다."

"아니요" 시나포브가 대답했다.

"포기하지 않을 겁니다!

나의 모든 계획을 실행한 뒤에만 내가 성공했는지 아닌지 알 수 있습니다. 알다시피 탐정 작업에는 시간과 인내가 필요합니다. 지금까지 거의 10년 동안 일하면서 실패한 적이 거의 없습니다. 매우 어려운 사건이 있어도 그것들을 해결했습니다. 분명히 이번에도 성공하기를 바랍니다!" 시나포브는 더 굳게 다짐했다.

Por li la solvo de tiu ĉi kazo jam estis ligita al lia honoro.

Matene Sinapov ekveturis al la urbo Oleastro, kie loĝis la pentristo Vaklin Sjarov. Oleastro troviĝis proksime, nur je dek kvin kilometroj fore, sed li preferis veturi per aŭto, ne per aŭtobuso. La ŝoseo al Oleastro estis tre bona kaj Sinapov trankvile stiris la aŭton. Telefone Vaklin Sjarov klarigis kie precize troviĝas lia domo.

Oleastro, malgranda, pitoreska urbo, situis je la piedoj de la monto Lilako. Tie troviĝis granda mineralakva fonto kaj kelkaj sanatorioj,[36] en kiuj kuracis sin homoj kun kormalsanoj. Pro la minerala akvo kaj la bela montara naturo en la ĉirkaŭaĵo de la urbo staris tie multaj vilaoj de pentristoj, artistoj, sciencistoj.

Sinapov haltigis la aŭton en la centro de la urbo, apud vasta placo, sur kies dekstra flanko videblis moderna konstruaĵo de urbodomo. Kontraŭ ĝi, sur la alia flanko de la placo, troviĝis la urba banejo, malnova konstruaĵo kun bela arkitekturo, konstruita verŝajne en la dudekaj jaroj de la pasinta jarcento. De la centra placo kiel radioj komenciĝis kvar stratoj. Sur unu el ili, ne tre vasta, troviĝis urba bazaro, kie nun vagis multaj homoj.

---

36) <醫> 요양원(療養阮)

시나포브에게 이 사건의 문제 해결은 명예와 연결되어 있다.

아침에 시나포브는 화가 **바크린 샤로브**가 사는 **올레아스트로 시(市)**를 향해 차를 타고 갔다.

도시는 가까이에 있어 오직 15Km밖에 떨어져 있었지만, 버스가 아닌 자동차로 여행하는 것을 선호했다.

도시로 가는 길은 매우 좋아서 시나포브는 편안하게 차를 운전했다.

전화로 바크린 샤로브는 집이 정확히 어디인지 설명해주었다.

작고 그림같이 아름다운 도시인 올레아스트로는 **릴라코산** 기슭에 있었다.

큰 광천(鑛泉)과 심장병이 있는 사람들을 치료하는 많은 요양원이 있었다.

탄산수와 아름다운 산의 자연으로 인해 도시 주변에는 화가, 예술가, 과학자들이 사는 빌라가 많았다.

시나포브는 도시 중심가, 현대적인 시청 건물이 오른쪽에 있는 큰 광장 옆에 차를 멈췄다.

반대편에 광장의 한쪽에는 아마도 지난 세기의 20년대에 지어진 듯 아름다운 건축술의 오래된 건축물 마을 목욕탕이 있었다.

광선처럼 중앙 광장에서 네거리가 시작했다.

그중 하나는 그렇게 넓지 않은데, 많은 사람이 지금 오가는 마을 시장이 있었다.

La alia strato direktiĝis al deklivo kaj Sinapov rememoris, ke Sjarov diris, ke li iru sur tiun ĉi straton. Li startigis la aŭton kaj ekveturis sur la deklivon. Post kilometro, maldekstre li ekvidis la domon de Sjarov. Telefone la pentristo klarigis, ke Sinapov tuj rimarkos la domon, ĉar ĝi estas ruĝe farbita kaj en la korto staras bronza skulptaĵo, knabo kun kolomboj.

Sinapov eliris el la aŭto kaj sonoris ĉe la korta pordo. Aŭdiĝis forta hunda bojo. Nepostlonge venis Sjarov, malŝlosis la pordon kaj invitis Sinapov enen.

– Bonvolu.

– Bonan tagon, sinjoro Sjarov, – salutis Sinapov. – Mi estas la privata detektivo, kiu hieraŭ telefonis al vi.

– Bonan tagon.

– Vi havas belan skulptaĵon, – rimarkis Sinapov.

– Jes, laŭ ĝi la gastoj facile trovas nian domon. Mia edzino estas skulptistino kaj ĝuste ŝi skulptis ĝin.

La domo de la artista familio estis duetaĝa kun multaj ĉambroj. Sjarov invitis Sinapov en la atelieron[37], vastan, sunan ejon. Granda fenestro rigardis al la korto de la domo. Nun, en la mezo de junio, la tuta korto dronis en verdeco.

---

37) atelier-o 일터, (조각가의) 제작실, (화가의) 화실, 스튜디오, 아뜨리에

다른 길은 산기슭 쪽인데 시나포브는 샤로브가 이 길로 오라고 말한 것을 기억했다.

1Km 지나서 왼쪽에 샤로브의 집이 보였다.

화가는 전화로 시나포브가 즉시 알아차릴 거라고 말했다.

집이 빨간색으로 칠해져 있고 안뜰에 비둘기가 있는 소년의 청동 조각상이 서 있기 때문이다.

시나포브는 차에서 내려 안뜰 문의 초인종을 울렸다.

힘 있는 개 소리가 났다.

곧 샤로브가 나와 문을 열고 시나포브를 안으로 초대했다.

"어서 오세요"

"안녕하십니까? 샤로브 선생님."

시나포브가 인사했다.

"제가 어제 전화를 건 사립탐정입니다."

"안녕하십니까?"

"멋진 조각상입니다." 시나포브가 말했다.

"예, 그것 때문에 손님이 우리 집을 쉽게 찾을 수 있습니다.

제 아내는 조각가입니다.

그리고 그것을 조각했지요."

예술가 가족의 집은 방이 많은 2층 건물이었다.

샤로브는 시나포브를 넓고 햇볕이 잘 드는 스튜디오로 안내했다.

안뜰을 바라보는 큰 창문이 있었다.

이제 6월 중순이라 안뜰 전체가 녹지로 가득 찼다.

En ĝi kreskis alta pinarbo kaj kelkaj fruktaj arboj: pomarbo, pirujo, persikarbo, prunarbo kaj estis tie bedoj kun diversaj floroj.

– Bonvolu sidiĝi, – proponis Sjarov montrante unu el la seĝoj.

Sinapov sidiĝis kaj ĉirkaŭrigardis. En la centro de la ateliero, antaŭ la fenestro, staris pentro-tresto kaj sur ĝi pentraĵo, kiun Sjarov verŝajne nun pentris. Kontraŭ la pentro-tresto estis podio, sur kiu certe staris modeloj. Sur la muroj pendis multaj pentraĵoj: pejzaĝoj, portretoj, nudaj viraj kaj virinaj figuroj. Proksime al la pentro-tresto staris tableto sur kiu kuŝis paletro kaj granda malfermita farbo-kesto.

– Tio estas mia ateliero, – diris Sjarov. – Preskaŭ tutan tagon mi pasigas ĉi tie. Ĉu vi trinkos kafon aŭ sukon? Mi proponus al vi pomsukon aŭ persiksukon.

– Dankon, mi preferos pomsukon, – respondis Sinapov.

Sjarov iris al la angulo de la ateliero, kie staris fridujo, elprenis el ĝi botelon da pomsuko, plenigis glason kaj donis ĝin al Sinapov.

– Nun ni povus trankvile konversacii, – diris Sjarov kaj sidiĝis kontraŭ Sinapov, kiu atente alrigardis lin.

Sjarov estis ĉirkaŭ sesdekjara, alta, svelta kun iom griza hararo, barbo kaj okuloj kun mola mara koloro.

그곳에 키 큰 소나무와 사과나무, 배나무, 복숭아나무, 매화나무와 같은 과일나무가 있고 다양한 꽃의 새싹이 나 있었다.

"이리로 앉으세요." 샤로브는 의자 중 하나를 가리키며 자리를 권했다.

시나포브는 앉아서 주위를 둘러보았다.

창문의 앞 화살의 가운데에는 이젤이 놓여있고 그 위에 샤로브가 아마도 지금 그린 그림이 있었다.

이젤의 반대편에는 확실히 모델이 서 있는 연단이 있었다.

벽에는 풍경, 초상화, 나체 남성과 여성 인물 등 많은 그림이 걸려 있다.

이젤 근처에는 팔레트와 큰 물감 상자가 놓여있는 작은 탁자가 있었다.

"이곳이 내 작업장입니다." 샤로브가 말했다.

"거의 매일 여기서 시간을 보내요. 커피나 주스를 마실 건가요? 사과 주스나 복숭아 주스를 드릴게요."

"감사합니다. 사과 주스를 더 좋아해요."

시나포브가 대답했다.

샤로브는 냉장고가 있는 화실 구석으로 가서 사과 주스 병을 꺼내 한 잔을 채우고 시나포브에게 주었다.

"이제 우리는 조용한 대화를 나눌 수 있어요." 샤로브가 말하고 열심히 바라보는 시나포브 건너편에 앉았다.

샤로브는 약 60세에 키가 크고 가늘고 회색 머리카락에 약간의 수염과 부드러운 바다 빛 눈을 가졌다.

Li surhavis bluan labormantelon, sur kiu videblis multaj farbomakuloj.

– Se mi bone komprenis, vi deziras demandi min pri Damjan Donev.

– Jes, – diris Sinapov. – Ekde kiam vi konas lin?

– Eble ekde dek jaroj, – respondis Sjarov.

– Kiel vi konatiĝis?

– Tiam mi ekspoziciis miajn pentraĵojn en la galerio de la Kultura Ministerio. Donev partoprenis la inaŭguron de la ekspozicio kaj aĉetis unu el miaj pejzaĝoj. Tiel ni konatiĝis. Poste li vizitis ĉiujn miajn ekspoziciojn. Li tre ŝatis la pentroarton, bone konis la famajn mondajn pentristojn, legis multajn librojn pri arto. Iel nesenteble ni iĝis bonaj amikoj. Ofte li gastis ĉe mi ĉi tie kaj dum horoj ni parolis pri arto.

– Kion vi scias pri lia vivo? – demandis Sinapov.

– Ne tre multe. Mi scias nur ke li estis fraŭlo, ne havis parencojn kaj loĝis sola, sed mi neniam estis en lia loĝejo. De tempo al tempo, kiam la vetero estis bona, ni ekskursis al la monto Lilako, ja ĝi estas proksime al nia urbo. Donev ege ŝatis la naturon kaj ofte diris, ke la naturo enverŝas en lin fortojn.

– Ĉu li menciis al vi iujn siajn problemojn? Ĉu li konfliktis kun iu? – alrigardis lin Sinapov pli insiste.

파란색 작업복을 입었는데 많은 페인트 얼룩이 묻어 있었다. "내가 올바르게 이해했다면 담안 도네브에 관해 물어보고 싶다고 했지요." "예." 시나포브가 말했다.

"언제부터 도네브 씨를 알았습니까?"

"아마 10년 정도요." 라고 샤로브가 대답했다.

"어떻게 알게 되었나요? "

"그때 나는 문화부 갤러리에서 그림을 전시했어요. 도네브는 전시회 개막식에 참여하여 내 풍경화 중 하나를 구매했지요. 그래서 우리가 서로 알게 되었지요. 나중에 내 모든 전시회에 왔죠. 미술을 정말 좋아해서 세계적으로 유명한 화가들을 많이 알고 미술에 관한 책을 많이 읽었어요. 모르는 사이에 우리는 좋은 친구가 되었죠. 자주 여기 내게로 와서 여러 시간 예술에 관해 이야기했어요."

"그분의 삶에 대해 무엇을 알고 있습니까?" 시나포브가 물었다.

"그렇게 많지 않아요. 내가 아는 것은 독신이고 친척이 없고 혼자 산다는 것뿐입니다. 나는 한 번도 아파트에 간 적이 없었어요. 때때로 날씨가 좋을 때 우리 마을과 가까운 릴라코 산으로 소풍을 갔어요. 도네브는 자연을 매우 좋아했고 자연이 자기에게 힘을 부어 준다고 자주 말했어요."

"무언가 개인적인 문제를 언급했나요? 누구와 다투었습니까?" 시나포브는 더 끈질기게 바라 보았다.

- Ne. Li estis tre bonanima viro kaj kun neniu li konfliktis. Li estimis la homojn kaj certe ili same estimis lin, - respondis Sjarov.

- Ĉu foje li estis maltrankvila? Ĉu estis tagoj, en kiuj li ne havis bonhumoron kaj estis kolera al iu?

- Mi ne memoras tiajn tagojn, - diris Sjarov, rigardante tra la fenestro al la ĝardeno. - Kiam li venis al mi, li ĉiam havis bonan humoron. Kvietmensa viro li estis kaj li tre ŝatis mian atelieron. Dum horoj li povis esti ĉi tie kaj observi la pentraĵojn. Li diris, ke la pentraĵoj lumigas lian animon.

- Kiam vi lastfoje vidis lin?

- Antaŭ du monatoj. Mi ne forgesos tiun tagon. Estis komenco de majo, belega printempa tago. Li venis ĉi tien tute neatendite. Kutime li telefonis al mi unu tagon antaŭ la alveno, sed tiam li venis neatendite. Estis antaŭtagmezo kaj mi iom surpriziĝis, - rakontis Sjarov. - Jes, tiam mi vidis, ke li estas iom maltrankvila. Li restis ĉi tie ĉirkaŭ unu horon, silente observis kiel mi pentras. Kutime, kiam mi pentris, ni ne multe konversaciis. Kiam li ekstaris por foriri, iom ĝene li demandis min ĉu mi povus pruntedoni al li iom da mono. Li urĝe bezonis iom pli grandan monsumon. Mi tuj donis, sed li ne diris kial li bezonas la monon.

"아니요. 매우 친절한 사람이었고 누구와도 갈등이 없었어요. 사람들을 존중했으며 그들도 도네브를 존경했어요." 샤로브가 대답했다.

"불안해한 적이 있습니까? 누구에게 화가 나고 기분 나쁜 날이 있었지요?"

"그런 날이 기억나지 않아요." 샤로브가 창밖으로 정원을 내다보며 말했다.

"나에게 왔을 때 항상 기분이 좋았어요. 조용한 사람이고 내 작업장을 아주 좋아했어요. 몇 시간 동안 여기에서 그림을 감상했죠. 그림이 영혼을 밝혀 준다고 말했어요."

"마지막으로 본 게 언제입니까?"

"두 달 전이었죠. 그날을 잊지 못할 거요. 5월 초의 아름다운 봄날이었지요. 전혀 뜻밖에 여기에 왔어요. 보통 도착하기 하루 전에 전화했는데 그때는 뜻밖이었어요. 오전에 와서 조금 놀랐죠." 라고 샤로브가 말했다.

"맞아요, 그때 조금 불안해하는 것을 보았어요. 내가 그림을 그리는 것을 조용히 바라보며 약 한 시간 동안 여기에 머물렀어요. 보통 그림을 그릴 때는 대화가 많지 않았지요.

떠날 때 약간 힘들어하며 내가 돈을 빌려줄 수 있는지 물었어요. 급히 약간 큰돈이 필요했어요.

나는 즉시 주었지만 왜 돈이 필요한지 묻지 않았어요.

Li nur menciis, ke verŝajne li ne povos baldaŭ redoni ĝin. Mi trankviligis lin, ke mi ne urĝas kaj li redonu la monon, kiam li povos. Li foriris. Ekde tiam mi ne plu vidis lin. Mi provis kelkfoje telefoni al li, sed lia telefono ne funkcias. Mi tre maltrankviliĝis, ne sciis kio okazis al li. Mi eĉ supozis, ke li forpasis, pardonu min pri tio, sed mi neniun povis demandi pri li, ĉar bedaŭrinde mi ne konas aliajn liajn amikojn kaj konatojn. Post iom da tempo mi estis certa, ke neniam plu mi vidos lin. Nun, kiam vi telefonis al mi, mi komprenis, ke li subite malaperis. Tute mi ne povas klarigi al mi mem kio okazis al li. Kiel li malaperis?

– Vi estas la lasta homo, kiu vidis lin, – diris Sinapov.

– Jes, bedaŭrinde, sed nenion mi povas diri, nur tion, ke li estis iom maltrankvila kaj petis de mi monon. Mi supozas, ke li ŝuldis tiun ĉi monsumon al iu, aŭ eble li forveturis ien kaj tial li bezonis monon.

– Verŝajne vi pravas, – diris Sinapov.

– Mi opinias, ke li subite aperos, same kiel li subite malaperis, – ekparolis Sjarov, rigardante la nefinitan pentraĵon sur la pentro-tresto.

Sinapov ekstaris de la seĝo.

– Dankon, – diris li. – Se mi havos aliajn demandojn, mi telefonos al vi. Ĝis revido.

조만간 돌려주지 못할 것 같다고 말했어요. 나는 급하지 않으니 할 수 있을 때 돈을 돌려주라고 안심시켰죠. 갔어요. 그 뒤 다시는 본 적이 없어요. 몇 번 전화를 걸어 봤지만 전화기는 꺼져 있었어요. 무슨 일이 일어났는지 모른 채 매우 걱정했어요. 미안하지만 나는 심지어 죽은 줄 알았어요. 불행히도 나는 도네브의 친구와 지인을 알지 못했기에 누구에게도 물어볼 수 없었어요. 잠시 후 다시는 볼 수 없을 것이라고 확신했죠. 이제 탐정이 나에게 전화해서 갑자기 사라진 것을 알았죠. 무슨 일이 있었는지 나는 전혀 알 수 없습니다. 어떻게 사라졌습니까?”

“선생님이 마지막으로 만난 분입니다.” 시나포브가 말했다.

“예, 안타깝지만 조금 불안해하고 내게서 돈을 빌려간 것 외에는 아무 말도 할 수 없어요. 누군가에게 그 돈을 빚져서 아니면 어딘가로 도망가려고 그래서 돈이 필요했다고 짐작해요.”

“정말 선생님 말씀이 맞을 것입니다.” 시나포브가 말했다. “갑자기 사라진 것처럼 갑자기 나타나리라고 생각해요” 하고 샤로브는 이젤 위의 아직 끝내지 않은 그림을 쳐다보면서 말했다.

시나포브는 의자에서 일어났다. “감사합니다.” 하고 말했다. “다른 질문이 있으면 전화 드리겠습니다. 안녕히 계십시오.”

– Ĝis revido.

Sjarov akompanis lin ĝis la korta pordo. Sinapov eniris la aŭton kaj ekveturis. Veturante li meditis pri la vortoj de Sjarov. Certe Donev bezonis monon por veturado. Li iris ien aŭ pli ĝuste li forlasis la urbon. Tamen kial tiel subite li forveturis kaj kien? Al neniu li diris, ke li forveturos kaj kien li forveturos? Tio estis la enigmo. Nun Sinapov devis iamaniere ekscii kie estas Donev kaj kial.

"잘 가세요." 샤로브는 안뜰 문까지 배웅했다.

시나포브는 차를 타고 출발했다.

운전하면서 샤로브의 말을 묵상했다.

확실히 도네브는 여행을 위해 돈이 필요했다.

어딘가에 갔거나 더 정확히 도시를 떠났다.

그런데 왜 그렇게 갑자기 떠났을까? 어디로?

자신이 떠난다는 것과 어디로 가는지 누구에게도 말하지 않았다.

그것이 수수께끼였다.

이제 시나포브는 도네브가 어디 있는지 이유를 어떤 식으로든 알아내야 했다.

12.

La horloĝmontriloj malrapide proksimiĝis al la naŭa horo vespere. En la kuirejo regis silento kiel en malplena preĝejo, aŭdiĝis nur la ritmaj frapoj de la malnova vekhorloĝo, kiu staris sur la bufedo. Tiun ĉi vekhorloĝon Dinko heredis de sia patro kaj ĝi estis unu el la malmultaj aĵoj, kiuj restis post liaj gepatroj. Dinko memoris, ke kiam li estis infano, la patro ĉiuvespere, antaŭ la enlitiĝo, diligente streĉis la horloĝon kaj tio similis al grava rito. La horloĝo montris la horojn kaj minutojn, kiuj forflugis senspure kaj kune kun ili forflugis por ĉiam la bonaj kaj malbonaj momentoj en la vivo. Forflugas ĉio kio okazis, kaj neniu scias kiaj estos la novaj tagoj, ĉu ili alportos bonon aŭ malbonon.

Dinko sidis ĉe la manĝotablo kun klinita kapo. Nebulo kovris liajn malhelajn okulojn kaj ne eblis precize diri ĉu en lia rigardo estas ĉagreno, doloro aŭ kolero. Liaj pugnoj estis kunpremitaj kaj li ofte-oftege rigardis la vekhorloĝon. Rosi, la filino, jam delonge dormis en alia ĉambro.

Dinko ne povis decidi kion fari kaj kiel agi, kiam Pavlina revenos.

12. 딩코와 파블리나

시계는 저녁 9시를 향해 천천히 가고 있었다.

부엌은 텅 빈 교회처럼 침묵이 지배하고 오래된 시계의 규칙적으로 움직이는 소리만 들린다.

딩코는 이 시계를 아버지께 물려받았다.

아버지가 돌아가신 뒤 남은 몇 안 되는 것 중 하나였다. 딩코는 어렸을 때 매일 밤 잠자리에 들기 전에 아버지가 시계를 부지런히 조이는 것을 기억했다.

그것은 중요한 의식과 비슷했다.

시계는 시간과 분을 가리키고 흔적도 없이 사라지고 인생의 좋은 순간과 나쁜 순간도 영원히 날아간다.

일어난 모든 일이 사라지고, 새로운 날이 선(善)을 가져올지 악(惡)을 가져올지 아무도 모른다.

딩코는 머리를 숙인 채 식탁에 앉았다.

안개가 어두운 눈을 덮어 눈빛만 봐서는 슬픔, 고통, 분노를 정확하게 말할 수 없었다.

주먹을 쥐고 시계를 자주 쳐다보았다.

딸 로시는 벌써 오래전에 다른 방에서 자고 있었다.

딩코는 파블리나가 돌아왔을 때 해야 할 일과 행동 방법을 결정할 수 없었다.

Li ne emis agi krude, sed li ne povis esti indiferenta, li deziris paroli kun ŝi, demandi ŝin kial ŝi havas amaton, kio en la familia vivo ne plaĉas al ŝi. Li ne sciis kion ŝi respondos, kia estos tiu ĉi malagrabla konversacio kaj tio turmentis lin. Ja, ĝis nun ĉio en la familia vivo estis en ordo. Dinko kaj Pavlina laboris, zorgis pri Rosi, revis havi propran domon kaj post longaj penoj kaj malfacilaĵoj ili jam havas ĝin. Vere, ĝi ne estas granda, sed por ili ĝi sufiĉas kaj estas oportuna. Nun ili devas esti kontentaj, ke ilia plej granda revo realiĝis.

La porda seruro klakis, Dinko ektremis, kvazaŭ subite vekiĝinte. Fin-fine Pavlina revenis. Post sekundoj ŝi eniris la kuirejon. Ŝiaj allogaj bluaj okuloj briletis kaj rideto lumigis ŝian glatan ĉarman vizaĝon.

– Saluton, – diris Pavlina.

– Vi tro malfruis. Kie vi estis? – demandis Dinko.

– Mia kolegino Vesela havis naskiĝtagan feston kaj invitis nin, la koleginojn, gasti en ŝia hejmo. Ĉu matene mi ne diris al vi, ke hodiaŭ mi malfrue revenos?

– Ne! – iom krude ekparolis Dinko. – Vi ne diris!

– Eble mi forgesis. Ĉu Rosi jam dormas?

– Jes. Delonge.

무례하게 행동하고 싶지 않았지만 무관심할 수 없었다. 왜 애인이 있는지 가정생활에 무엇이 맘에 들지 않은지 묻고 대화하고 싶었다. 아내가 어떻게 대답할지 이 불쾌한 대화가 어떻게 될지 몰라 괴로웠다. 정말 지금까지 가정생활의 모든 것이 잘 정돈되었다. 딩코와 파블리나는 일했고 로시를 돌보았고 자신의 집을 꿈꾸었는데, 오랜 노력과 어려움 끝에 이미 그것을 가졌다. 정말 크지는 않지만, 그들에게는 충분하고 편리하다. 이제 그들은 자신들의 가장 큰 꿈이 이루어졌다는 사실에 행복해야 한다.

문 잠금장치가 딸깍 소리를 내자 딩코는 갑자기 깨어난 듯 몸을 떨었다.

드디어 파블리나가 돌아왔다.

몇 초 뒤 부엌으로 들어왔다.

매력적인 파란 눈과 매끈하고 매력 있는 얼굴에 작은 웃음이 빛났다.

"돌아왔어요." 파블리나가 말했다.

"너무 늦었어. 어디 있었어?" 딩코가 물었다.

"제 동료 베셀라가 생일 파티를 하고 동료들을 초대해서 그 집에 있었어요. 오늘 늦을 거라고 아침에 말하지 않았나요?"

"아니!" 딩코는 약간 거칠게 말했다.

"말하지 않았어!" "아마 제가 잊었나 봐요. 로시는 이미 자요?" "응. 오래전에.

Ŝi deziris atendi vin, sed ŝi estis laca kaj ekdormis. Morgaŭ ŝi frue vekiĝos por iri al la lernejo.

– Ŝi ege laciĝas en la lernejo. Ne estas facile lerni en la unua klaso. Mi ankaŭ estas laca kaj mi tuj enlitiĝos, – diris Pavlina.

– Ne rapidu! – haltigis ŝin Dinko. – Ni devas paroli kune.

– Pri kio? – demande alrigardis lin Pavlina. – Ĉu tio urĝas? Ni povas paroli morgaŭ.

– Urĝas kaj ni parolos nun!

– Bone, – konsentis ŝi.

– Mi scias ĉion! Vi ne plu devas mensogi min!

– Kion vi scas?

– Mi scias kial dum la lastaj monatoj vi malfrue revenas hejmen kaj kial vi ĉiam klarigas, ke vi havas multe da laboro aŭ kun iu via amikino vi renkontiĝis, aŭ ion vi kune festis.

– Jes. Mi ne mensogas. Mi vere havas multe da laboro. La ĉefo de la fabriko ofte petas min resti post la fino de la labortempo por ordigi la dokumentojn aŭ priparoli telefone liajn renkontiĝojn por la morgaŭa tago.

– Ne mensogu! – ekkriis Dinko.

엄마를 기다리고 싶은데 피곤해서 잠들었어.
내일 학교에 가기 위해 일찍 일어날 거야.”
 “로시가 학교에서 매우 피곤해요.
1학년 때 배우기는 쉽지 않아요. 나도 피곤하니 잠자리
에 들 거예요.” 라고 파블리나가 말했다.
 “서두르지 마!” 딩코가 멈춰 세웠다.
 “우리는 함께 이야기해야 해.”
 “무엇을요?”
파블리나는 질문하며 바라보았다.
 “급한가요? 내일 이야기해요.”
 “급해, 지금 얘기해!”
아내가 동의했다.
 “나는 모든 것을 알아!
이제는 나한테 거짓말하지 마!”
 “당신은 무엇을 아는데요?”
 “지난 몇 달 동안 왜 집에 늦게 왔는지, 일이 많다고
항상 설명하는지 어느 친구를 만났는지 무엇을 함께 축
하했는지 알아.”
 “예. 거짓말이 아니에요.
할 일이 정말 많아요.
회사 사장은 작업 시간이 끝난 뒤에도 문서를 작성하라
고 남게 하거나 내일 회의에 대해 전화로 이야기하라고
자주 시켜요.”
 “거짓말 하지 마!” 딩코가 외쳤다.

– Mi tre bone scias, ke vi havas amaton kaj ĉiutage, post la fino de la laboro, vi renkontiĝas kun li.

– Ho, vi spionis min? Hontu! Mi ne sciis, ke vi estas tiom sperta detektivo.

– Ne! Mi ne spionis vin, sed tute ne estas malfacile ekscii kien vi iras kaj kun kiu.

– Bone. – Pavlina sidiĝis ĉe la tablo kaj fiksrigardis Dinkon. – Se vi scias ĉion, ankaŭ mi diros, por ke vi estu pli bone informita. Jes, mi havas amaton kaj mi jam decidis daŭrigi mian vivon kun li!

– Ĉu? – ne kredis Dinko.

– Jes. Vi tre bone aŭdis min! – diris ŝi pli kuraĝe kaj pli firme. – Mi ne povas plu vivi kun vi. Jam dek jarojn vi pensas nur pri mono. De matene ĝis vespere. Vi kolektas monon, monon. Bone, ni laboris por aĉeti propran domon. Jes, ni aĉetis ĝin, ni loĝas en ĝi, sed eĉ unu foje ni ne iris kune al teatro aŭ al koncerto. Eĉ unu foje vi ne aĉetis al mi florojn. Vi forgesas mian nomtagan feston, mian naskiĝtagan feston. Vi ne plu memoras en kiu jaro kaj je kiu dato ni geedziĝis. Ni ne havas amikojn, nek konatojn. Ĉiutage ni restas nur ĉi tie, en tiu ĉi loĝejo, en nia propra domo pri kiu ni tiom laboris kaj nenien ni iras, kun neniu ni renkontiĝas.

“나는 당신한테 애인이 있고 매일 일이 끝난 뒤 만난다는 걸 아주 잘 알아.”

“오, 나를 염탐했나요? 부끄러워! 당신이 그렇게 경험 많은 탐정인지 몰랐네요.”

“아니! 당신을 염탐하지 않았지만 어디로 가고 누구랑 있는지 알아내는 것은 별로 어렵지 않아.”

“알았어요.” 파블리나는 탁자에 앉아 딩코를 응시했다. “알고 있다면 사실대로 다 말할게요. 네, 애인이 있어요. 그리고 이미 함께 내 인생을 계속하기로 했어요!”

“정말?” 딩코는 믿지 않았다.

“예. 내 말을 아주 잘 들어요!” 아내는 더 용감하고 단호하게 말했다. “당신과 계속 함께 살 수 없어요. 10년 동안 당신은 돈만을 생각하고 있어요. 아침부터 저녁까지. 돈, 돈을 모았죠. 글쎄, 우리는 우리 집을 사기 위해 일했어요.

예, 우리가 사서 그 안에 살고 있지만 한 번도 함께 극장이나 음악회에 가지 않았어요. 한 번이라도 나에게 꽃을 사주지 않았어요.

내 이름 축일도, 내 생일도 잊었어요. 당신은 우리가 몇 년 어느 날짜에 결혼했는지 더는 기억하지 않아요. 우리는 친구나 지인이 없어요. 매일 우리는 여기 그렇게 마련하려고 애쓴 집에만 머물러 있고 아무 데도 가지 않아요.

Vi deziras, ke de la laborejo mi revenu tuj hejmen kaj mi plenumu nur hejmajn devojn. Mi ne povas plu vivi tiun ĉi vivon! Mi decidis. Mi prenos Rosi kaj mi foriros, mi forlasos tiun ĉi domon, al kiu vi estas tiel forte ligita.

– Ne! Mi ne permesos tion al vi! – ekkriis Dinko.

– Vi ne povas ligi min! Mi estas libera kaj mi faros tion, kion mi decidis! Jam nun mi foriros! Mi trovos lokon kie mi tranoktos! Mi abomenas tiun ĉi domon kaj mi eĉ unu tagon plu ne povas loĝi ĉi tie.

Pavlina prenis sian retikulon kaj foriris.

Dinko restis senmova, rigardanta post ŝi. "Ŝi ne rajtas foriri," meditis li. "Ja, mi amas ŝin kaj mi pretas ĉion fari por ŝi."

La sekvan matenon Pavlina venis kaj prenis Rosi. Kiam ŝi komencis meti vestojn en la valizon, Rosi demandis:

– Panjo, kien ni iros?

– Al viaj geavoj. Vi restos ĉe ili. Poste mi revenos por vi, – respondis Pavlina.

– Ĉu paĉjo venos kun ni?

– Ne. Li restos ĉi tie.

– Kial? – ne komprenis Rosi.

– Li laboras kaj ne povas veni.

당신은 내가 직장에서 곧바로 집에 와 집안일만 하길
원했죠.
나는 다시는 이런 삶을 살 수 없어요!
결심했어요. 로시를 데리고 떠날 거예요.
당신이 너무 애착하는 이 집을 떠날 거야."
　"아니! 그렇게 허락하지 않아!" 딩코가 외쳤다.
　"당신은 나를 묶을 수 없어요! 나는 자유롭고 내가 결
정한 것을 할거예요! 지금 떠날 거예요! 오늘 밤 머물
곳을 찾을 거예요! 이 집이 아주 싫어요. 하루라도 이곳
에 살 수 없어요." 파블리나는 손가방을 들고 나갔다.
딩코는 움직이지 않고 남아 아내 뒤를 바라보았다.
　"떠날 수 없어!" 하고 생각했다.
　"예, 나는 아내를 사랑하고 아내를 위해 무엇이든 할
준비가 되어 있어."
다음 날 아침 파블리나가 와서 로시를 데려갔다.
엄마가 가방 속에 옷을 집어넣자 로시는 물었다.
　"엄마, 어디 가는 거야?"
　"할아버지 집에. 거기서 지내. 나중에 데리러 다시 올
게." 파블리나가 대답했다.
　"아빠도 같이 가요?"
　"아니. 아빠는 여기에 있을 거야."
　"왜요?" 로시는 이해하지 못했다.
　"일하느라 올 수 없어."

Dinko silente rigardis kiel Pavlina ordigas la vestojn kaj meditis, ke la valizo iĝos tre peza kaj ŝi ne povos porti ĝin, aŭ eble ekstere atendas ŝia amanto kiu helpos ŝin.

Kiam la valizo estis plen-plena, Pavlina pene levis ĝin kaj kun Rosi ŝi ekiris al la pordo sen prononci eĉ unu vorton. Rosi tamen ekstaris antaŭ Dinko, brakumis lin kaj diris:

– Ĝis revido, paĉjo. Mi amas vin.

– Ankaŭ mi amas vin, – ekflustris Dinko, kisis ŝin kaj karesis ŝiajn molajn blondajn harojn, similajn al tritikaj spikoj.

En la helbluaj okuloj de Rosi Dinko vidis malĝojon kaj demandis sin, ĉu ŝi komprenas kio okazas.

Pavlina kaj Rosi foriris. La pordo brufermiĝis post ili kaj en la loĝejo ekestis tomba silento. Dinko sidiĝis sur seĝon en la kuirejo kaj sencele fiksrigardis la fenestron. Nun ekŝajnis al li, ke la loĝejo estas tre granda kaj se li ekirus al la alia ĉambro, li perdiĝus kaj ne trovus la pordon por eliri.

Li eksentis sin malplena. Kvazaŭ en lia korpo ne plu estis la koro, cerbo, pulmoj[38], renoj[39].

---

38) pulm-o <解> 폐(肺)
39) ren-o <解> 신장(腎臟)

딩코는 말없이 파블리나가 옷을 어떻게 정리하는지 바라보았다.

가방이 매우 무거워지고 옮길 수 없거나 아니면 밖에 도와줄 애인이 기다리고 있을 것인지 생각했다.

여행 가방이 가득 찼을 때 파블리나는 힘써 그것을 들고 한마디도 하지 않고 로시와 함께 문으로 갔다.

그러나 로시는 딩코 앞에 서 껴안고 "안녕, 아빠. 사랑해." 하고 말했다.

"나도 사랑해." 딩코가 속삭이며 뽀뽀하고 밀이삭을 닮은 금발 머리를 부드럽게 쓰다듬었다.

딩코는 로시의 밝은 눈에서 슬픔을 보았고 딸이 무슨 일이 일어나고 있는지 이해할까 궁금했다.

파블리나와 로시는 떠났다.

문이 그들 뒤에서 닫히고 아파트는 무덤 같은 침묵이 생겼다.

딩코는 부엌의 의자에 앉아서 의미 없이 창문을 바라보았다.

이제 이 아파트는 매우 크게 느껴졌다.

다른 방으로 간다면 길을 잃고 나갈 문을 찾지 못할 것이다.

공허함을 느꼈다.

마치 심장, 뇌, 폐, 신장이 몸에 더는 존재하지 않는 듯했다.

Subite li iĝis tia kiel ĝardena timigilo, pajloplena, staranta sur paliso[40] en frukta ĝardeno, surhavanta vestĉifonojn kaj grandan nigran rondĉapelon, ie-tie kun truoj. Similajn timigilojn li ofte vidis, kiam li estis infano kaj gastis somere ĉe la geavoj en la vilaĝo. Tiam la timigiloj timigis ne nur la birdojn, sed ankaŭ lin. En la ĝardenoj ili havis iun funkcion – timigi la birdojn, sed li nun sentis sin kiel tute superflua timigilo, tute nebezonata. Li ne plu havis familion, ne plu havis infanon kaj restis sola.

Jam de jaroj li ne havis amikojn. Por li la plej proksimaj homoj estis Pavlina kaj Rosi. Kutime post la fino de labortago liaj kolegoj iris en la drinkejon por trinki glason da brando kaj babili. Dinko ne iris kun ili. Li rapidis reveni hejmen, kie li plej bone fartis kun Rosi kaj Pavlina. Tiam li eĉ ne supozis, ke Pavlina tiel facile kaj rapide perfidos lin.

"Kiel mi eraris?" demandis sin Dinko. "Ja, mi klopodis fari ĉion por la familio. Mi laboris, kolektis eĉ la monerojn por ke ni aĉetu la domon, nian propran domon.

---

40) palis-o 울, 말뚝

갑자기 과수원의 말뚝 위에, 누더기와 커다란 검은 색 둥근 모자를 쓰고 여기저기 구멍이 뚫리고 짚으로 가득 찬 허수아비가 된 듯했다.

어렸을 때와 여름에 마을의 할아버지 집에 갔을 때 비슷한 허수아비를 자주 보았다.

그 당시 허수아비는 새들뿐만 아니라 자신에게도 겁을 주었다.

과수원에서 그것들은 새를 겁주는 기능이 있었지만 이제 자신은 완전히 불필요한 허수아비처럼 느껴졌다. 더는 가족도 더는 아이도 없고 혼자 남겨졌다. 몇 년 동안 친구가 없었다.

가장 가까운 사람은 파블리나와 로시였다.

보통 근무가 끝난 후 동료들은 브랜디 한 잔을 마시고 이야기를 나누려고 술집에 갔다.

딩코는 그들과 함께 가지 않았다.

서둘러 집에 돌아와 로시와 파블리나랑 가장 잘 지냈다.

그때는 아내가 그렇게 아주 쉽고 빠르게 자신을 배신할 지 생각조차 하지 않았다.

"내가 어떻게 틀렸어?" 딩코는 궁금했다.

"예, 가족을 위해 모든 것을 하도록 애썼다.

일했고 집, 우리 자신의 집을 사려고 동전까지도 모았다.

Nun mi komprenis, ke tio ne plaĉis al Pavlina. Ne plaĉis al ŝi, ke mi estis laborema, diligenta, ke mi amis la familion kaj ke mi deziris, ke nia vivo estu bona kaj trankvila.

Ja, mi ne konis ŝin. Tiom da jaroj ni loĝis kune kaj mi ne sukcesis ekkoni ŝin. Mi ne sciis kion ŝi deziras, pri kio ŝi revas. Mi certis, ke ŝi, same kiel mi, ĝojas ke ni havas propran loĝejon, ke ni havas filinon kaj ni estas feliĉaj, sed mi eraris, mi multe eraris."

Li sentis, ke la prema, densa silento en la domo mortigos lin, la soleco senkompate sufokas lin. Li ekstaris kaj eliris. "Pli bone, ke mi estu sur la strato ol ĉi tie." Jam ankaŭ por li tiu ĉi domo, pri kiu li tiom multe laboris, estis fremda kaj nenecesa.

이제서야 아내가 그것을 좋아하지 않는다는 것을 이해했다.

내가 열심히 일하고 부지런하고 가족을 사랑하고 우리 가족의 삶이 좋고 편안하기를 바라는 게 마음에 들지 않았다.

정말로 나는 아내를 알지 못했다.

우리는 오랜 세월을 함께 살았지만 제대로 아내를 알지 못했다.

나는 아내가 무엇을 원하고 무엇을 꿈꾸는지 몰랐다. 나는 아내가 나처럼 우리 집이 있고 딸이 있고 우리가 행복해서 기쁘다고 확신했지만, 그것은 틀렸다.

나는 매우 실수했다."

집안의 억압적이고 **빽빽**한 침묵이 자신을 죽일 것이라고 느꼈다.

고독이 무자비하게 질식시킨다.

일어나서 나갔다.

"여기 있는 것보다 거리에 있는 것이 낫겠다."

열심히 일해 마련한 이 집은 이미 딩코에게 낯설고 필요 없게 되었다.

13.

En la kontoro Sinapov trafoliumis la notlibreton de
Donev kaj denove atente legis la nomojn en ĝi. El la
renkontiĝoj kaj konversacioj kun Georgi Nikov, Natalia
kaj Vaklin Sjarov la plej utila estis tiu kun Vaklin
Sjarov. La fakto, ke Donev prunteprenis monon de
Sjarov, montris ke tiun ĉi monon Donev urĝe bezonis
kaj plej verŝajne li forveturis ien. Al Sjarov Donev
diris, ke li ne povos redoni la monon en baldaŭa
tempo kaj tio signifas, ke dum pli longa tempo li
forestos. Nun Sinapov devis diveni kien forveturis
Donev kaj kial. Laŭ la nomoj kaj la telefonnumeroj en
la notlibreto Sinapov ne povis kompreni ĉu Donev
havas konatojn en iu provinca urbo. Nek Bojan, nek
Nikov, nek Natalia sciis pri parencoj de Donev en la
provinco. Nur Bojan estas la plej proksima lia parenco,
nevo, filo de la fratino de Donev, kiu antaŭ multaj
jaroj forpasis.
Laŭ Bojan liaj onklo kaj patrino naskiĝis ĉi tie, en la
urbo. Bojan rakontis al Sinapov, ke kiam la onklo kaj
la patrino estis infanoj, ili loĝis en familia domo en la
kvartalo Espero.

13. 시나포브의 사무실

사무실에서 시나포브는 도네브의 수첩을 넘기며 거기에 적혀 있는 이름을 다시 조심스럽게 읽었다.

게오르기 니코브, 나탈리아, 바크린 샤로브와의 만남과 대화에서 바크린 샤로브가 가장 유용했다.

도네브가 샤로브로부터 돈을 빌렸다는 사실이 도네브가 돈을 급하게 필요했음을 나타냈고 아마도 도네브는 어딘가에 갔다.

샤로브에게 도네브는 가까운 장래에 돈을 돌려줄 수 없다고 말했는데 그것은 꽤 오랫동안 부재를 의미한다.

이제 시나포브는 도네브가 어디로 갔고 왜 갔는지 추측해야 했다.

수첩에 있는 이름과 전화번호로는 도네브가 어느 지방 도시에 지인이 있는지 알 수 없다.

보얀, 니코브, 나탈리아는 지방에 사는 도네브의 친척에 대해 모른다.

보얀 만이 가장 가까운 친척으로, 수년 전에 세상을 떠난 도네브 누이의 아들이고 조카다.

보얀에 따르면 삼촌과 어머니는 이 도시에서 태어났다. 보얀은 삼촌과 어머니가 어렸을 때 에스페로 동네의 가족 집에서 살았다고 시나포브에게 이야기했다.

Antaŭ jaroj tie, kie staris la domo de la geavoj de Bojan, oni konstruis novan loĝkvartalon kun multetaĝaj domoj. Tiam la onklo aĉetis loĝejon en la norda kvartalo de la urbo. La loĝejo de la gepatroj de Bojan estis en la urbocentro. Bojan menciis ankaŭ tion, ke la gefratoj, la onklo kaj la patrino, havis konflikton, verŝajne pro iu heredaĵo, kaj tro malofte ili interrilatis. Donev preskaŭ neniam gastis ĉe sia fratino, sed Bojan amis sian onklon kaj kiam Bojan plenkreskis, li strebis iamaniere helpi la onklon, li vizitis lin, ofte telefonis al li kaj demandis ĉu la onklo bezonas ion kaj ĉu Bojan povas helpi lin. Donev same amis Bojan kaj la rilatoj inter ili estis tre bonaj.

Sinapov el la konversacioj kun Nikov, Natalia kaj Sjarov eksciis multon pri la vivmaniero de Donev, pri liaj kutimoj kaj plej grave li bone ekkonis la karakteron de Donev, kiu diligente ordigis sian vivon, ne estis aventuristo, havis precizan tagordon kaj neniam li entreprenus subitan forveturon ien. Sinapov estis certa, ke se Donev devus forveturi, li nepre antaŭe preparus detalan planon por la veturado kaj nepre menciiĝus pri ĝi al la nevo. Do, Donev certe estis iel surprizita kaj ne havis tempon por pripensi aŭ plani la veturadon.

몇 년 전, 보얀의 할아버지 집이 있던 곳에 다층 주택이 있는 새로운 주거지역이 건설되었다.

그때 삼촌은 도시 북부에 아파트를 샀다.

보얀의 양친 집은 도심에 있었다.

보얀은 오누이인 삼촌과 어머니가 아마도 어떤 상속 때문에 갈등을 겪었고, 너무 드물게 서로 연락했다고 언급했다.

도네브는 거의 누이 집에 오지 않았지만, 보얀은 삼촌을 사랑했고 성장해서는 어떤 식으로든 삼촌을 도우려고 했고 자주 방문했다.

자주 전화를 걸어 삼촌에게 필요한 것이 있는지, 자신이 도와줄 수 있는지 물었다.

도네브 역시 보얀을 사랑했고 그들 사이의 관계는 매우 좋았다.

니코브, 나탈리아, 샤로브와 나눈 대화에서 시나포브는 도네브의 습관, 삶의 방식에 대해 많은 것을 알게 되었고, 그리고 가장 중요한 것은 부지런히 삶을 정리하며 모험가가 아니며 정확한 하루 계획을 세우며 어느 곳으로 갑작스럽게 절대 떠나지 않는 도네브의 인간성을 잘 알았다.

시나포브는 만약 도네브가 떠난다면 미리 떠나는 자세한 계획을 준비할 것이며 분명히 조카에게 언급했을 것이라고 확신했다. 그렇다면 도네브는 확실히 놀라서 여행을 생각하거나 계획할 시간이 없었다.

Li devis agi rapide kaj la sola ebleco estis iri al Sjarov kaj peti de li monon, ĉar en tiu ĉi momento Donev ne havis sufiĉe da mono.

Sinapov ekstaris kaj faris kelkajn paŝojn tra la kontoro. En la momentoj, kiam li meditis pri io, li kutimis paŝi kaj ŝajnis al li, ke paŝante li pli bone rezonas. Nun li denove proksimiĝis al la fenestro kaj rigardis al la korto. Neniu estis en ĝi, nek la infanoj kaj nur la kaŝtanarbo staris tie soleca kaj kvazaŭ malĝoja. Mankis la infanaj krioj kaj ridoj.

Sinapov rememoris la vortojn de Natalia pri la monaĥejo Sankta Johano. Kiam Natalia kaj Donev vizitis la monaĥejon, en la vilaĝo Ŝtona Rivero, Donev hazarde renkontis sian kuzinon, kies nomo estis Johana. Sinapov decidis nepre renkontiĝi ankaŭ kun ŝi. Ja, ŝi estis la sola parencino de Donev, kiun menciis Natalia. Verŝajne Johana povas diri ion pri sia kuzo.

Sinapov serioze decidis veturi al la Ŝtona Rivero kaj renkontiĝi kun Johana. Li iris al la skribotablo, fermis la notlibreton kaj metis ĝin en sian tekon.[41]

---

41) 가죽 가방(서류넣는), 손가방; <植> 자낭(子囊); <動> 포막(包膜); 수집 품[실]

도네브는 서둘러 행동해야 했다.

그리고 유일한 가능성은 샤로브에게 가서 돈을 요청하는 것이다.

왜냐하면, 이 순간 도네브는 돈이 충분하지 않았다.

시나포브는 일어나 사무실을 가로질러 몇 걸음 걸었다. 무언가에 대해 명상할 때가 되면, 습관적으로 걸었고, 걸으면서 더 나은 추론을 하는 것 같았다.

이제 다시 창문으로 다가가 안뜰을 내려다보았다.

아무도 없었다.

아이들도 없이 밤나무만 외롭고 슬픈 듯이 서 있다.

아이들의 울음소리와 웃음은 없었다.

시나포브는 성 요한 수도원에 대한 나탈리아의 말을 기억했다.

나탈리아와 도네브가 슈토나 리베로 마을에 있는 수도원을 방문했을 때 이름이 요하나인 여자 사촌을 우연히 만났다.

시나포브는 확실히 여자 사촌도 만나보리라 결심했다. 실제로 나탈리아가 언급한 도네브의 유일한 친척이었다.

분명히 요하나는 자기 사촌에 대해 무언가 말할 수 있다.

시나포브는 진지하게 슈토나 리베로에 운전해 가서 요하나를 만나기로 마음먹었다.

책상으로 가서 수첩을 덮고 그것을 서류 가방에 넣었다.

14.

La vilaĝo Ŝtona Rivero troviĝis malproksime kaj Sinapov frumatene ekveturis per la aŭto. La tago estis suna. La aŭtovojo kondukis inter vastaj kampoj, poste ĝi eniris en intermonton kaj malhelan arbaron. Sinapov ĝuis la belan pejzaĝon. De tre longe li ne veturis ekster la urbo. Nun stirante li rigardis la naturon kaj revis pri la trankvila vivo ekster grandaj urboj. Ĉi tie en la sino de la naturo oni forgesas la zorgojn, la problemojn kaj oni kvazaŭ reviviĝas, la menso iĝas pli klara, oni pli bone vidas ĉion kaj pli bone rezonas. Trankvilo kaj kontento obsedis Sinapov. Liaj pensoj komencis iel ordiĝi, pli logike li meditis kaj estis certa, ke en la Ŝtona Rivero li trovos la respondojn al la demandoj, kiuj jam de semajnoj turmentis lin.

Kiam la unuan fojon Bojan, la nevo de Donev, venis kaj petis lin trovi la onklon, al Sinapov ŝajnis, ke tio ne estos tre malfacila tasko. Tiam li opiniis, ke temas pri maljunulo, kiu simple deziris kaŝi sin de la homoj, forkuri de la urba bruo, de la ĉiutaga vivo, ĉiutagaj zorgoj, ie ekloĝi en trankvilo, kie neniu ĝenos lin.

14. 사촌 요하나

슈토나 리베로 마을은 멀리 떨어져 있었고 시나포브는 아침 일찍 차로 출발했다.

날은 맑았다.

고속도로는 광대한 들판을 지나 계곡과 어두운 숲으로 이어졌다.

시나포브는 아름다운 풍경을 즐겼다.

오랫동안 도시 밖을 여행하지 않았다.

이제 운전하면서 자연을 바라보고 대도시 밖의 조용한 삶을 꿈꿨다.

여기 자연의 품속에서 우리는 걱정, 문제를 잊고 우리는 소생하는 것 같고, 마음은 더 명확하게, 모든 것을 더 잘 보고 더 잘 추론한다.

평온함과 만족이 시나포브를 지배했다.

생각은 어떻게든 정리되기 시작했고 더 논리적으로 명상했고 슈토나 리베로에서 몇 주 동안 괴롭힌 질문에 대한 답을 찾을 수 있을 것이다.

도네브의 조카인 보얀이 처음으로 와서 삼촌을 찾아달라고 요청했을 때, 시나포브는 이것이 매우 어려운 작업이 아닌 것 같았다. 그때 그것은 단순히 사람들에게 숨고 도시의 소음, 일상, 일상의 고민에서 도망쳐, 아무도 신경 쓰지 않는 조용한 곳에서 정착하고 싶었던 노인에 관한 것으로 생각했다.

Alia supozo estis, ke la maljunulo mense malsanas, perdiĝis, ne povis reveni hejmen kaj vagas ie sencele, sed neniu povus helpi lin, ĉar neniu scias kiu li estas kaj kie li loĝas.

Nun tamen Sinapov jam konjektis, ke la problemo estas pli komplika kaj pli serioza. Donev certe fuĝis, kaŝis sin de iu aŭ de iuj, sed kial? Kio okazis, ke tiu ĉi sesdekkvinjara viro forlasis sian loĝejon, sian kutiman vivon kaj subite malaperis?

La vilaĝo Ŝtona Rivero troviĝis proksime al la suda landlimo sur la plej bela monto Doroto. Iel nesenteble la aŭto eliris el pitoreska valo kaj ekgrimpis sur ne altan deklivon. Nun la ŝoseo serpentumis inter majestaj pinarboj en densa arbaro. Poste antaŭ la rigardo de Sinapov etendiĝis herbejo, lumigita de la suno. Dekstre de la ŝoseo estis abismo kaj ie profunde en ĝi fluis rapida impeta[42) montara rivero.

Kiam la aŭto supreniris sur la montokreston, aperis belega panoramo. Ie-tie videblis montetoj, pli altaj kaj pli malaltaj, kaj pintoj kiuj stariĝis super ili kiel fortikaĵaj turoj. La montetoj similis al ondoj en vasta verda maro. Sur ili staris arboj kaj domoj, sed ne kiel en vilaĝo.

---

42) <自>돌진(突進)하다. 비약(飛躍)하다; 《轉》열망(熱望)하다

또 다른 가정은 노인이 정신병에 걸렸고 길을 잃고 집으로 돌아올 수 없고 어딘가에 목적 없이 방황하지만, 누구인지 어디에 사는지 모르기 때문에 아무도 도울 수 없다는 것이다.

그러나 이제 시나포브는 문제가 더 복잡하고 더 중요하다고 이미 추측했다.

도네브는 확실히 누군가에게서 도망쳐서 숨어 있다.

그렇지만 왜? 무슨 일이 생겨 65세의 남자가 아파트와 일상에서 도망쳐 갑자기 사라졌을까?

마을 슈토나 리베로는 가장 아름다운 **도로토 산** 위 남쪽 국경에 가까웠다.

어느새 차는 그림 같은 계곡에서 나왔고 높지 않은 경사를 올라간다.

이제 길은 울창한 숲속의 웅장한 소나무 사이로 구불구불하게 이어졌다.

그런 다음 시나포브의 눈앞에 태양에 비추어진 초원이 길게 펼쳐있다.

길 오른편에 심연이 있었고 어딘가 깊은 곳에서 빠르게 산에서 물이 흘러내렸다.

차가 산등성이를 오르자 아름다운 파노라마가 나타났다. 즉 여기저기에 높고 낮은 작은 산들이 있으며, 그 위로 올라오는 봉우리는 요새의 탑처럼 서 있다.

작은 산들은 광활한 푸른 바다의 파도를 닮았다.

그들 위에 나무와 집이 서 있지만, 마을과는 다르다.

Estis du-tri domoj sur unu el la montetoj, sur alia, najbara, same du-tri, formantaj malgrandajn montarajn vilaĝetojn. Inter tiuj vilaĝetoj ne ekzistis vojoj, nur montaraj padoj kaj la homoj veturis uzante azenojn aŭ ĉevalojn.

Ŝildo sur la ŝoseo indikis, ke al la vilaĝo Ŝtona Rivero oni venas post kvin kilometroj. Ĝi jam proksimiĝis kaj Sinapov eksentis maltrankvilon. Ĉu li trovos la eksinstruistinon Johana, la kuzinon de Donev? Ĉu ŝi emos paroli kun li kaj ĉu ŝi scias ion pri Donev? Povas okazi, ke vane li veturis ĝis tie ĉi, sed li devis veni. Se li ne estus veninta ĉi tien, li certe bedaŭrus ke li ne esploris ĉiujn eblecojn.

Sinapov eniris la vilaĝon kaj haltigis la aŭton sur malvasta placo, kie staris ne tre alta preĝejo, vendejo, drinkejo kaj unuetaĝa domo, oranĝkolore farbita, super kies pordo legeblis ŝildo: Vilaĝdomo. Sinapov eliris kaj ĉirkaŭrigardis. Estis la dekunua horo antaŭtagmeze, sed sur la placo videblis neniu. "Mi eniros la drinkejon kaj tie demandos pri la instruistino Johana," diris al si mem Sinapov.

La drinkejo estis longa ejo kun multaj lignaj tabloj, seĝoj kaj kun granda stablo[43] en la angulo.

---

43) 작업대(作業臺): 화가(畫架), 삼각가(三脚架) 《그림 그릴 때 쓰는》

작은 산들 가운데 하나에 두세 집이 있었다.

이웃 다른 산에도 마찬가지로 두세 집이 작은 산골 마을을 이루었다. 이 마을 사이에는 도로가 없었고 산길만 있어 사람들은 당나귀나 말을 타고 지나갔다.

도로의 표지판은 슈토나 리베로 마을까지 5Km 남았다고 쓰여 있다.

마을이 가까이 다가오자 시나포브는 불안했다.

전 교사인 도네브의 사촌 요하나를 찾을 수 있을까?

나하고 말하려고 할까?

도네브에 대해 무엇을 알고 있을까?

쓸데없이 여기까지 운전해 왔다고 할 수도 있다.

그러나 와야 했다.

여기에 오지 않았다면 분명 모든 가능성을 조사하지 않아 후회했을 것이다.

시나포브는 마을에 들어가 작은 광장에 차를 세웠다.

거기에는 그리 크지 않은 교회, 상점, 술집, 주황색으로 칠해져 마을회관이라는 표지판이 있는 단층건물이 있었다.

시나포브는 차에서 나와 둘레를 살폈다.

오전 11시지만 광장에 아무도 보이지 않았다.

'술집에 들어가 요하나에 관해 물어봐야지.' 시나포브는 혼잣말했다.

술집은 많은 나무 탁자와 의자가 있는 직사각형이고 구석에는 큰 작업대가 있다.

Ĝi odoris ne tre agrable, acide je brando, vino kaj cigareda fumo. La planko kaj la muroj estis malpuraj, delonge nefarbitaj. Verŝajne la muroj iam estis blankaj, kalkitaj,[44] sed nun – grizaj. Sur la ligna planko videblis pluraj makuloj kaj ie-tie la lignaj tabuloj estis elfrotitaj.

En la drinkejo, ĉe unu el la tabloj, sidis kelkaj avoj kiuj trinkis vinon. Sinapov proksimiĝis kaj salutis ilin:

– Bonan tagon.

La avoj scivoleme alrigardis lin. Ĉirkaŭ sepdekjaraj, ne kadukaj, ili aspektis fortaj, veraj montaraj loĝantoj, kun iom brunigitaj, viglaj vizaĝoj.

– Bonan tagon, – ĥore respondis ili.

– Mi ŝatus demandi, kie loĝas Johana, la eksinstruistino?

La avoj rigardis unu la alian.

– Ĉu la instruistino? – ripetis la demandon unu el ili, kiu estis pli alta kaj pli korpulenta ol la aliaj. – Jes, ni bone konas ŝin. Vi devas iri al la preĝejo kaj tie malantaŭ ĝi estas strato, sur kiu ŝi loĝas, en la unua domo, – klarigis la korpulenta avo.

Sinapov dankis kaj eliris el drinkejo. Malantaŭ la preĝejo estis nur unu mallarĝa strato.

---

44) blankigi per kalko 석회칠하다.

그렇게 유쾌하지 않은 브랜디의 신 맛, 포도주, 담배 연기 냄새가 났다.

바닥과 벽은 더럽고 오랫동안 칠하지 않았다.

아마 벽은 한때 하얗게 석회를 발라놓았지만, 지금은 회색이었다. 나무 바닥에 몇 가지 얼룩이 보이고 여기저기 나무판자가 문질러졌다.

술집의 한 탁자에 포도주를 마시고 있는 할아버지들이 앉아 있다.

시나포브가 가까이 가서 인사했다.

"안녕하십니까?"

할아버지들은 호기심으로 바라보았다.

약 70세의 초라하지 않고 조금 갈색의 활기찬 얼굴에 강하고 진짜 산골 사람처럼 보였다.

"안녕하시오!" 그들은 합창으로 대답했다.

"전에 선생이었던 요하나가 어디에 사는지 물어보고 싶어요."

할아버지들은 서로 쳐다보았다.

"선생이라고?" 그들 중 다른 사람들보다 키가 더 크고 더 뚱뚱한 노인이 질문을 되풀이했다.

"예, 우리는 잘 알아요. 교회에 가야 해요. 교회 뒤에 거리가 있고 첫 번째 집에 살아요."

뚱뚱한 할아버지가 설명했다.

시나포브는 감사를 표하고 술집을 떠났다.

교회 뒤에는 단 하나 좁은 거리가 있었다.

La unua domo dekstre estis tre koketa, flave farbita kun du fenestroj direktitaj al la strato. En la korto de la domo kreskis fruktaj arboj, floroj kaj Sinapov preskaŭ certis, ke tiu ĉi estas la domo de instruistino Johana. Li malfermis la kortan pordon kaj eniris. En tiu ĉi momento el la domo eliris virino, ĉirkaŭ sesdekjara, blankharara, iom malalta, maldika, vestita en helblua hejma robo. Ŝi havis varmajn brunkolorajn okulojn kaj ŝia kara rigardo atente direktiĝis al Sinapov. Verŝajne ŝi vidis lin tra la fenestro, kiam li ankoraŭ estis sur la strato kaj rapidis renkonti lin.

– Sinjoro, ĉu vi serĉas iun? – demandis la virino.

– Jes, – diris Sinapov. – Mi serĉas sinjorinon Johana.

– Mi estas, – surpriziĝis la virino. – Kial vi serĉas min?

– Mia nomo estas Janko Sinapov. Mi estas privata detektivo. Ĉion mi klarigos.

– Bone, ni tamen eniru la domon. Bonvolu, – kaj Johana invitis Sinapov hejmen.

La ĉambro, en kiun ili eniris, estis pura, hela, bone ordigita. Modeste meblita, en ĝi estis kanapo, tablo, komodo.[45]

– Bonvolu sidiĝi, – Johana donis seĝon al Sinapov. – Mi supozas, ke vi venis de malproksime.

---

45) (서랍달린) 옷장

오른쪽의 첫 번째 집은 아주 병아리 같은 노란색으로 칠해져 있고 거리를 향해 창문이 2개 있다.

집 안뜰에는 과일나무와 꽃이 자라고 있다.

시나포브는 이곳이 요하나의 집이라고 거의 확신했다. 안뜰 문을 열고 들어갔다.

이 순간 약 60세의 백발에, 다소 키가 작고, 마르고, 하늘색 집안 평상복을 입은 여자가 나왔다.

따뜻한 갈색 눈동자에 친절한 눈빛으로 조심해서 시나포브를 살펴보았다.

아직 시나포브가 거리에 있었을 때 아마 창문을 통해 보았을 것이다. 만나려고 서둘렀다.

"신사분, 누구를 찾고 있나요?" 여자가 물었다.

"예" 시나포브가 대답했다.

"요하나 여사님을 찾고 있습니다."

깜짝 놀란 여자가 말했다.

"난데, 왜 나를 찾고 있나요?"

"제 이름은 얀코 시나포브이고, 사립탐정입니다. 모든 것을 설명해 드리겠습니다."

"알았어요. 어쨌든 집으로 들어갑시다. 이리 오세요."

요하나가 시나포브를 집안으로 초대했다.

그들이 들어간 방은 깨끗하고 밝고 깔끔했다.

소박한 가구로, 소파, 탁자, 옷장이 있었다.

"앉으세요." 요하나는 시나포브에게 의자를 내밀었다.

"멀리서 왔다고 짐작해요.

En nian foran vilaĝon tre malofte venas nekonataj personoj kaj verŝajne vi devas paroli kun mi pri io grava?

– Jes, – diris Sinapov, – hazarde mi eksciis, ke vi estas kuzino de Damjan Donev.

– Kiel vi eksciis tion? – maltrankvile demandis Johana.

– Natalia Ivanova, konatino de sinjoro Donev, rememoris pri vi kaj diris al mi.

– Mi ne konas ŝin, – miris Johana.

– Ŝi vidis vin antaŭlonge, hazarde, ĉi tie en la vilaĝo, kaj ŝi memoras vian nomon.

– Povas esti··· – kaj Johana iom kuntiris la brovojn, provante rememori kiu estas Natalia Ivanova.

– Tamen temas ne pri vi, sed pri sinjoro Donev. Vi certe aŭdis, ke antaŭ unu monato li malaperis. Neniu scias kie li estas. Lia nevo Bojan Mitov petis min, ke mi esploru tion kaj serĉu lin.

– Ĉu Damjan malaperis? – surpriziĝis Johana, sed Sinapov tuj konstatis, ke ŝi ŝajnigis surprizon. Evidente ŝi ne povis mensogi.

– Jes, malaperis, – ripetis li. – Lia nevo estas tre maltrankvila, ne sciante ĉu li vivas, ĉu li mortis kaj kiel agi pri lia loĝejo kaj liaj aĵoj, kiuj restis en la loĝejo.

낯선 사람들은 먼 마을까지 거의 오지 않거든요. 아마도 중요한 무언가에 관해 이야기해야 할듯하네요." "예." 시나포브가 말했다.

"우연히 여사님이 담얀 도네브 씨의 사촌이라는 것을 알게 되었습니다."

"어떻게 알아냈지요?" 요하나가 불안한 듯 물었다.

"도네브 씨의 지인인 나탈리아 이바노바 씨는 여사님을 기억하고 말해 주었습니다."

"나는 그 여자를 잘 몰라요." 요하나가 놀랐다.

"그분은 여사님을 오래전에 우연히 여기 마을에서 보았다고 이름을 기억했습니다."

"그럴 수도 있죠." 그리고 요하나는 나탈리아가 누구인지 기억하려고 애쓰면서 조금 눈살을 찌푸렸다.

"하지만 주제는 여사님이 아니라 도네브 씨에 관한 것입니다. 한 달 전에 도네브 씨가 실종되었다고 분명히 들었을 것입니다. 어디에 있는지 아무도 모릅니다. 조카 보얀 미토브가 제게 조사해서 삼촌을 찾아야 한다고 요청했습니다."

"오빠가 사라졌나요?" 요하나는 놀랐지만 시나포브는 즉시 놀란 척하는 것을 알아차렸다.

분명히 여자는 거짓말에 서툴렀다.

"예, 사라졌습니다." 시나포브가 반복했다. "조카는 삼촌이 죽었는지 살았는지 알지 못해 아파트와 그 안에 남아있는 물건에 대해 어떻게 할지 걱정입니다.

– Nenion mi scias pri Damjan. Delonge mi ne vidis lin, – insistis Johana.

– Sinjorino, – komencis Sinapov afable, – vi povas trankvile fidi al mi. Mi ne deziras malbonon de sinjoro Donev. Mi nur deziras helpi lin. Mi supozas, ke li havas gravan problemon. Kiam Bojan rakontis al mi pri li, mi tuj decidis helpi kaj al Bojan, kaj al sinjoro Donev. Kun Bojan mi estis en la loĝejo de Damjan kaj mi konstatis, ke pro iu grava kialo li subite forlasis la domon. Poste mi parolis kun liaj konatoj kaj mia konstato konfirmiĝis. Mi nepre devas helpi lin. Kredu min, mi estas sincera kaj bonintenca.

Johana atente aŭskultis Sinapov kaj post mallonga paŭzo ŝi ekparolis:

– Tridek jarojn mi estis instruistino. Mi konis multajn infanojn kaj iliajn gepatrojn. Dum tiuj jaroj mi alkutimiĝis pritaksi la homojn kaj kompreni kiu el ili estas bonanima kaj kiu – ne. Mi vidas, ke vi estas bona homo kaj mi estos sincera al vi. Kun Damjan ni estas gekuzoj. Kiam Damjan kaj lia fratino Nevena estis infanoj, ili ofte gastis kun siaj gepatroj ĉe ni ĉi tie, en la Ŝtona Rivero. Poste iom post iom ni perdis la kontaktojn. Nevena forpasis.

"저는 오빠에 대해 아무것도 몰라요. 오랫동안 보지 못했어요." 요하나가 세차게 변명했다.

"여사님!" 시나포브가 친절하게 말을 걸었다.

"편안하게 저를 믿으십시오. 오빠가 잘못되기를 원치 않습니다. 단지 돕고 싶습니다.

오빠에게 심각한 문제가 있다고 짐작합니다.

보얀이 삼촌에 대해 말했을 때 즉시 보얀과 삼촌을 돕기로 했습니다.

보얀과 함께 오빠의 아파트에 갔을 때 어떤 중요한 이유로 갑자기 집을 떠났다는 것을 깨달았습니다.

나중에 지인과 이야기했고 확신이 굳어졌습니다.

확실히 도와야 합니다. 저를 믿으십시오.

저는 진지하고 선의입니다."

요하나는 시나포브의 말을 열심히 들었고 잠시 후 말하기 시작했다.

"나는 30년 동안 선생이었어요. 많은 아이와 그들의 부모를 알지요. 그동안 나는 사람들을 평가하고 누가 마음 착하고 누가 나쁜지 아는 데 익숙해요.

신사분이 좋은 사람이라고 보고 진실하게 말할게요.

담얀 오빠와 나는 사촌 사이입니다.

담얀 오빠와 네베나 언니는 어렸을 때 부모님과 함께 이곳 슈토나 리베로 마을 우리 집에 자주 왔어요.

나중에 조금씩 연락이 끊어졌죠.

언니는 사망했죠.

Damjan estis studento, poste inĝeniero en granda entrepreno kaj dum tridek jaroj ni ne vidis unu la alian. Li ne venis ĉi tien kaj mi ne havis okazon viziti lin.

– Mi bone komprenas tion, – diris Sinapov.

– Tamen antaŭ unu monato kaj duono Damjan neatendite venis ĉi tien, li estis ege maltrankvila, timigita kaj diris al mi nur tion, ke li devas kaŝi sin. Neniu rajtas scii kie li troviĝas, ĉar oni persekutas lin kaj deziras murdi lin. Unue mi ne kredis kaj mi opiniis, ke li estas malsana kaj imagas tion, sed kiam li rakontis ĉion, mi jam konvinkiĝis, ke li estas en terura situacio.

– Do, vi komprenis pri kio temas? – alrigardis ŝin Sinapov.

– Jes. Mi bone komprenis. Kelkajn noktojn Damjan tranoktis ĉe mi ĉi tie, kaj poste ni decidis serĉi pli sekuran lokon, kie li povas kaŝi sin dum pli longa tempo. Proksime estas monaĥejo Sankta Johano, kie monaĥejestro estas avo Pavel, amiko de Damjan jam de la infaneco, kiam Damjan pasigadis ĉi tie la somerojn. Ni decidis, ke li kaŝos sin en la monaĥejo dum iom da tempo kaj poste li decidos kion fari.

– Dankon, – diris Sinapov.

오빠는 공부를 좋아해서. 나중에 큰 회사의 기술자가 되었고, 30년간 서로 만나지 못했어요.

여기 오지 않았고 나도 찾아갈 기회가 없었죠."

"잘 알겠습니다." 시나포브가 말했다.

"하지만 한달 반전 오빠가 기대하지 않게 갑자기 여기 와서 극도로 불안하고 겁에 질려 숨어야 한다고만 말했어요. 누구라도 자기가 어디 있는지 알면 안 된다고 했어요. 왜냐하면 사람들이 오빠를 괴롭히고 죽이려고 하기 때문이죠.

처음에 나는 믿지 않고 정신이 아파서 상상한다고 생각했는데 오빠가 모든 것을 말해서 정말 끔찍한 상황에 있다고 확신했어요."

"그럼 여사님은 무슨 일이 있는지 아시겠네요?" 시나포브가 쳐다보았다.

"예, 나는 잘 알아요. 며칠 밤 오빠는 여기 우리 집에서 밤을 보냈어요.

그리고 뒤에 오랫동안 숨을 수 있는 안전한 장소를 찾기로 했지요.

가까이에 성 요한 수도원이 있어요.

수도원장은 오빠가 여기서 여름을 보낼 때 어릴 적 친구인 바벨 할아버지예요.

우리는 오빠가 얼마 동안 수도원에 잠시 몸을 숨기고 나중에 무엇을 할지 결정하기로 했어요."

"감사합니다." 시나포브가 말했다.

- Mi dankas, ke vi estis sincera al mi. Kiel mi povus renkontiĝi kun Damjan?

- Mi proponas, ke ĉi-nokte vi restu tranokti ĉi tie, en mia domo. Morgaŭ mi iros al la monaĥejo, parolos kun Damjan kaj poste ni kune iros al li, - proponis Johana.

- Bone, - konsentis Sinapov. - Tio estas bona propono.

- De kvin jaroj mi loĝas sola ĉi tie. Mia edzo forpasis, miaj gefiloj loĝas en la proksima urbo. Tie ili laboras, havas familiojn. Nur en la ripoztagoj ili gastas ĉe mi. Do, en la domo estas ĉambro, en kiu vi tranoktos.

- Mi tute ne deziras ĝeni vin, sed por mi estas tre grave renkontiĝi kun sinjoro Donev kaj paroli kun li.

- Vi ne ĝenas min. Mi same deziras helpi al mia kuzo, kiu estas en danĝero. Vi estos mia gasto. Delonge neniu gastis ĉe mi, - diris Johana. - Mi preparos vespermanĝon kaj ni kune vespermanĝos.

- Sed vi ne devas speciale por mi pretigi vespermanĝon, - protestis Sinapov. - Mi vespermanĝos en la vilaĝa drinkejo. Mi opinias, ke tie oni povas vespermanĝi.

- Ne. Tie oni kutime ne kuiras. Nur niaj samvilaĝanoj iras tien kaj drinkas.

- Ĉu ne eblas tie manĝi supon aŭ ion alian? - demandis Sinapov.

"제게 진실하게 알려 줘 감사합니다.
오빠를 어떻게 만날 수 있습니까?"
"오늘 밤 우리 집에서 머무세요. 내일 내가 수도원에
가서 오빠와 이야기하고 나중에 함께 오빠에게 가요."
요하나가 제안했다.
"알겠습니다." 시나포브가 동의했다.
"좋은 제안이십니다."
"5년 전부터 이곳에서 혼자 살아요. 남편은 죽었고 자
녀들은 가까운 도시에 살지요. 거기서 일하고 가정이
있어요. 오직 휴일에만 내게 와요. 그래서 우리 집에
오늘 밤 묵을 방이 있어요."
"전혀 폐를 끼치고 싶지 않습니다. 그러나 오빠를 만
나서 이야기하는 것이 제게 아주 중요한 일입니다."
"폐는 아니에요. 나도 위험에 빠진 오빠를 돕고 싶어
요. 신사는 내 손님이에요. 오래전부터 아무도 우리 집
에 오지 않았어요." 요하나가 말했다.
"저녁을 준비할 테니 함께 먹어요."
"하지만 특별히 저를 위해 저녁을 준비하지는 마십시
오." 시나포브가 반대했다.
"저는 마을 술집에서 저녁을 먹을 겁니다. 거기서 사
람들이 저녁을 먹는다고 생각합니다." "아니요. 거기
서 요리를 하지 않아요. 오직 우리 같은 마을 사람들이
가서 술을 마시죠." "거기서 국이나 다른 무엇을 먹
을 수 없습니까?" 시나포브가 물었다.

– Tute ne. La drinkejmajstro proponas nur diversajn alkoholajn trinkaĵojn kaj salatojn.

– Mi komprenas. Bedaŭrinde.

– Kiel mi jam diris, ni kune vespermanĝos. Tio por mi estos kiel festo, ĉar ĉiam mi vespermanĝas sola kaj ĉi-vespere mi ne estos sola.

– Bone, – konsentis Sinapov.

Por la vespermanĝo Johana kuiris farĉbuletojn, fritis terpomojn kaj por deserto ŝi preparis gridolĉaĵon. Kiam la vespermanĝo estis preta, ŝi invitis Sinapov en la gastĉambron, kie sur la tablo jam kuŝis teleroj kun la manĝaĵoj, botelo da brando kaj botelo da ruĝa vino. Sinapov kaj ŝi sidiĝis kaj Johana diris:

– Jen, ni povas trankvile vespermanĝi. Komence ni trinku glaseton da brando. Tio estas nia kutimo. Ni, vilaĝanoj, regalas niajn gastojn per brando. Ĉi tie en la vilaĝo, en ĉiu domo oni mem preparas brandon kaj vinon. Ankaŭ mi mem faris la brandon kaj la vinon.

Ŝi levis la glason kaj diris:

– Je via sano kaj bona veno.

– Je via sano, – diris Sinapov – kaj koran dankon pro la akcepto en via domo.

"전혀 안 그래요.
술집 주인은 오직 여러가지 술과 샐러드만 제공해요."
"알겠습니다. 유감입니다."
"내가 아까 말한 대로 함께 저녁을 먹어요.
그것이 내게는 축제 같아요.
왜냐하면, 항상 혼자 저녁을 먹었는데 오늘 밤에는 혼자가 아니니까요."
"감사합니다." 시나포브가 동의했다.
저녁 식사로 요하나는 고기를 요리하고 감자를 튀기고 후식으로 양념 과자를 만들었다
저녁이 준비되자 요하나는 시나포브를 응접실로 불렀다. 거기에는 탁자 위에 음식 접시, 브랜디 한 병, 붉은 포도주 한 병이 놓여있었다,
앉은 뒤 요하나가 말했다.
"여기서 편안하게 저녁을 먹을 수 있어요. 처음에 브랜디 한 잔을 마셔요. 내 습관이죠. 우리 마을 사람들은 브랜디로 손님을 대접해요. 여기 이 마을 모든 집에는 브랜디와 포도주를 스스로 만들어요. 나도 브랜디와 포도주를 혼자 만들었어요."
요하나는 잔을 들고 말했다.
"건강을 위해 그리고 좋은 방문을 위해."
"건강을 위하여" 시나포브가 말했다.
"그리고 집에 초대해 주셔서 진심으로 감사드립니다."

– Antaŭ jaroj, kiam mi instruis, en mian domon ofte venis gastoj: parencoj, konatoj, miaj lernantoj, iliaj gepatroj··· Sed jam delonge neniu venas al mi.

– Vi estis instruistino. Kiun fakon vi instruis? – demandis Sinapov.

– Mi instruis en la baza lernejo. Tiutempe estis ĉi tie en la Ŝtona Rivero multaj infanoj. Nun en la vilaĝo estas preskaŭ neniuj infanoj. Gejunuloj transloĝiĝis en urbojn kaj en la vilaĝo restis nur gemaljunuloj kiel mi, – diris Johana kaj en ŝiaj okuloj Sinapov rimarkis ĉagrenon. – Mi memoras, kiam mi estis infano, la vivo ĉi tie estis tre vigla. Tiam ŝajnis al mi, ke la vilaĝo estas plen-plena je infanoj. De matene ĝis vespere ni ludis. Ni vagis tra la arbaro, naĝis en la rivero, kuris tra la herbejoj. Feliĉaj, senzorgaj jaroj. Tiam somere ĉe ni gastis Damjan kaj lia fratino. Damjan tamen evitis ludi kun ni. Li preferis sidi ĉi tie, en la korto, sub iu arbo kaj legi. Tiutempe li multe legis.

Kiel ĉiuj aĝaj homoj, same ankaŭ Johana rememoris la infanecon kaj en ŝiaj vortoj eĥiĝis nostalgio pri la forpasintaj neforgeseblaj jaroj. Sinapov rimarkis, ke ŝi parolas pri Damjan Donev kun estimo kaj amo.

– Tiam Damjan ne estis kiel la aliaj infanoj. Li estis bonedukita, silentema kaj li ne ŝatis la petolaĵojn.

"몇 년 전 내가 교사였을 때 내 집에 친척, 지인, 우리 학생, 그들의 부모와 같은 손님이 자주 왔어요. 그러나 이미 오래전부터 아무도 내게 오지 않아요."

"여사님은 교사였는데 무슨 과목을 가르쳤습니까?" 시나포브가 물었다.

"나는 초등학교에서 가르쳤어요. 그때 여기 슈토나 리베로 마을에는 아이들이 많았지요. 지금 마을에는 아이들이 거의 없어요. 젊은이들은 도시로 나가고. 마을에는 나처럼 늙은이들만 남아 있죠."

요하나가 말하는데 그 눈에서 슬픔을 보았다.

"내가 어렸을 때 이곳에서의 생활은 매우 활기찼다고 기억해요. 그때 마을에는 아이들로 넘쳐나는 듯했어요. 아침부터 저녁까지 우리는 놀았죠. 숲속에서 뛰어다니고 강에서 헤엄치고 풀밭에서 달렸죠. 행복하고 걱정 없던 시절이었죠. 그 당시 여름에 우리 집에 오빠랑 언니가 왔어요. 하지만 오빠는 우리랑 놀기를 피했죠. 마당 어느 나무 아래에 앉아서 책 읽기를 더 좋아했죠. 그때 오빠는 엄청 읽었어요."

모든 나이 든 사람처럼 요하나도 어린 시절을 기억하고 그 말 속에는 지나간 잊지 못할 세월에 대한 향수가 메아리쳤다. 시나포브는 여사가 오빠에 대해 존경과 사랑을 가지고 말함을 깨달았다.

"그때 오빠는 다른 아이들과 같지 않았어요. 잘 교육받고. 과묵하며 장난을 좋아하지 않았어요.

Nun, kiam li alvenis, mi preskaŭ ne rekonis lin. Dum la lastaj jaroj li multe ŝanĝiĝis kaj mi kvazaŭ vidis alian homon.

– Kiel li ŝanĝiĝis? – demandis Sinapov.

– Kiam li estis infano, li estis memfida kaj pli kuraĝa, nun mi vidis lin timigitan. Li preskaŭ tremis kaj diris al mi, ke li urĝe devas kaŝi sin. Neniam mi vidis tiom timigitan homon.

Sinapov jam certis, ke Donev ne nur forkuris de iu, sed li devis haste forkuri kaj kaŝi sin ie tre malproksime.

Post la vespermanĝo Johana montris al Sinapov la ĉambron, en kiu li dormos kaj deziris al li bonan nokton.

이번에 오빠가 왔을 때 거의 알아보지 못했어요.
지난 세월 동안 많이 변했어요.
거의 다른 사람을 본 듯했죠."

"어떻게 변했습니까?" 시나포브가 물었다.

"어렸을 때는 자신 있고 용기 있었는데 지금은 두려워하는 것을 보았어요. 거의 떨며 급하게 몸을 숨겨야 한다고 말했죠. 결코, 그렇게 두려워하는 사람을 본 적이 없었어요."

시나포브는 도네브가 누군가로부터 도망친 것뿐만 아니라 서둘러 도망치고 아주 멀리 몸을 숨기려고 한 것을 알았다.

저녁 뒤에 요하나는 시나포브가 잘 방을 알려 주고 잘자기를 바랐다.

15.

La monaĥejo Sankta Johano troviĝis je tri kilometroj for de la vilaĝo Ŝtona Rivero en tre pitoreska loko, en jarcenta fagarbaro.[46] De malproksime oni ne povis vidi ĝin pro la grandaj fagarboj. Al la monaĥejo kondukis montara vojo kaj ne eblis per aŭto aŭ per kamiono veni al ĝi. Kutime oni iris al la monaĥejo per ĉevalaj aŭ azenaj ĉaroj. Tiel antaŭ jarcentoj oni konstruis ĝin, liverante ŝtonojn, lignajn trabojn, tegolojn per ĉaroj tiritaj de ĉevaloj, azenoj, bubaloj.

Proksime al la monaĥejo fluis du riveroj, la unua montara, impeta kun diafana malvarma akvo. Ĝia nomo estis la Monaĥeja Rivero. La alia estis la Ŝtona Rivero. Tie, kie antaŭ multaj jaroj fluis rivero, nun restis grandaj ŝtonoj, morenoj, kaj oni nomis ĝin Ŝtona Rivero. Tiel oni nomis ankaŭ la vilaĝon, kiu situis proksime al la monaĥejo.

Alta muro ĉirkaŭis la monaĥejon. En la korto staris duetaĝa konstruaĵo kun la ĉeloj de la monaĥoj kaj bela preĝejo kun multaj tre valoraj ikonoj. Matene la sonoroj de la monaĥejaj sonoriloj aŭdeblis de malproksime kaj ili vekis la tutan ĉirkaŭaĵon.

---

46) fag-o <植> 너도밤나무 《참나무과》

15. 성 요한 수도원

성 요한 수도원은 슈토나 리베로 마을에서 3km 떨어져 있는, 매우 아름다운 장소 수백 년 된 너도밤나무숲에 있다. 멀리서는 커다란 너도밤나무들 때문에 그것을 볼 수 없다.

수도원으로는 산길이 나 있어 자동차나 트럭으로 거기에 갈 수 없다. 보통 사람들은 수도원에 말이나 당나귀 수레를 타고 갔다.

그렇게 몇백 년 전에 사람들은 말이나 당나귀나 버펄로가 끄는 수레로 돌과 나무 들보와 기와를 날라서 그것을 건축했다.

수도원 가까이에는 두 개의 강이 흘렀다.

첫 번째 산에서 급하게 흐르는 강은 투명한 찬 물이다. 그 이름은 수도원 강이다.

다른 것은 슈토나 강이다. 거기에 오래전에 강이 흘렀는데 지금은 커다란 돌, 빙퇴석만 남아있어 슈토나 강이라고 부른다. 그렇게 해서 수도원 근처에 있는 마을도 같은 이름이 되었다.

수도원 둘레는 높은 벽이 있다.

안뜰에는 수도원의 독방(獨房)과 매우 가치 있는 많은 조각상이 있는 아름다운 기도처를 가진 2층 건물이 서 있다. 아침에 수도원 종이 멀리서 들리고 모든 둘레의 것을 깨운다.

Tre interesa legendo ekzistis pri la monaĥejo Sankta Johano. Iam en la pasinteco en tiu ĉi densa arbaro du knaboj kolektis sekajn branĉojn por hejtado, kaj hazarde ili ekvidis groton.[47] Scivolemaj ili eniris ĝin kaj ene ili trovis ikonon de Sankta Johano la Baptisto. Ili portis la ikonon en la vilaĝon kaj donis ĝin al pastro Dobri en la preĝejo. La pastro prenis kaj metis la ikonon sur centran lokon en la preĝejo, tamen dum la nokto li sonĝis tre emocian sonĝon. Ekstaris antaŭ li Johano la Baptisto kaj diris: "Tie, kie la knaboj trovis mian ikonon, vi devas konstrui monaĥejon." La pastro vekiĝis maltrankvila kaj ĝis la mateno li ne plu ekdormis.

Li tamen ne komencis konstrui la monaĥejon, sed post unu monato Johano la Baptisto denove aperis en lia sonĝo kaj demandis: "Kial vi ne komencas konstrui la monaĥejon? Se vi ne konstruos ĝin, vi perdos vian plej amatan idon."

Tiuj ĉi vortoj de Johano la Baptisto ege timigis la pastron Dobri kaj la venontan matenon li diris al la laikoj en la preĝejo, ke ili devas kolektiĝi kaj ekkonstrui la monaĥejon. Pastro Dobri donis sian monon, kiun li havis, por dungi masonistojn.

매우 흥미로운 전설이 성 요한 수도원에 관해 존재한다. 언젠가 옛날에 이 깊은 숲 속에 두명의 소년이 불을 피우려고 마른 가지를 모았다.

우연히 동굴을 발견했다.

호기심에 그 안으로 들어가 침례 요한의 동상을 찾았다. 그 동상을 갖고 마을로 와서 교회의 도브리 신부에게 주었다.

신부는 그것을 들어 교회 중앙에 동상을 세웠다.

하지만 밤에 매우 감동적인 꿈을 꾸었다.

자기 앞에 침례 요한이 나타나 '소년이 내 동상을 발견한 곳에 수도원을 지어야 한다.'고 말했다.

신부는 잠에서 깨어 불안에 떨면서 아침까지 잠을 이루지 못했다.

그러나 수도원 건축을 시작하지 않았다.

한 달 뒤 다시 침례 요한이 꿈에 나타나 물었다.

'왜 수도원 건축을 시작하지 않느냐? 짓지 않는다면 가장 사랑하는 자녀를 잃을 것이다.'

침례 요한의 이 말에 도브리 신부는 크게 두려워 다음 날 아침 교회 신자에게 돈을 모아 수도원을 지어야 한다고 말했다.

도브리 신부는 자기가 가진 돈을 건축하는 사람을 고용하기 위해 주었다.

Aliaj vilaĝanoj same donis monon aŭ laboris senprofite dum la konstruado kaj tiel estis konstruita la monaĥejo Sankta Johano.

Sinapov senpacience atendis la revenon de Johana. Frumatene ŝi foriris al la monaĥejo por paroli kun Donev. Sinapov ne sciis kiel Donev reagos. Ja, li igis Johana ĵuri, ke al neniu ŝi diros kie li kaŝas sin kaj jen Johana malkovris tion al Sinapov. Verŝajne Donev ne deziros renkontiĝi kun Sinapov, aŭ li forkuros kaj kaŝos sin aliloke. Sinapov jam sciis, ke Donev estas viva kaj sana, sed li nepre devis ekscii kial Donev venis ĉi tien. Kio okazis? Kio igis Donev fuĝi kaj por kiom da tempo li planis kaŝi sin? La tuta okazintaĵo restis daŭre tre mistera kaj Sinapov eĉ ne povis imagi kio estas la kialo pri la malapero de Donev. Ja, normala persono en la nuna tempo ne agas tiel. Ĉu tamen Donev ne havas iun psikan problemon?

Sinapov decidis esti pacienca kaj trankvile atendi la revenon de Johana. Ŝi revenis je la dekdua horo tagmeze. La piedirado ĝis la monaĥejo kaj reen ege lacigis ŝin. Ŝi eniris la domon kaj unue plenigis glason da akvo, ĉar ŝi estis tre soifa, poste ŝi sidiĝis sur seĝon kaj ekparolis:

– Mi vidis lin kaj rakontis al li pri vi.

다른 마을 사람들도 돈을 내거나 건축하는 동안 대가없이 일했다. 그래서 성 요한 수도원을 지었다.

시나포브는 안절부절못하며 요하나가 돌아오기를 기다렸다. 이른 아침에 도네브랑 이야기하려고 수도원에 갔다. 정말 도네브가 어떻게 행동할지 몰랐다.

도네브는 요하나에게 누구에게도 숨어 있는 것을 말하지 말라고 시켰는데 요하나는 시나포브에게 그것을 밝혔다. 아마 도네브는 시나포브랑 만나지 않기를 바라거나 멀리 도망가서 다른 곳에 숨었을 것이다.

시나포브는 이미 도네브가 살아있고 건강한 것을 알았다. 그러나 왜 여기에 왔는지 이유를 알아야만 했다.

무슨 일이 있었을까? 무엇 때문에 도망갔고 얼마 동안 숨기로 했을까? 모든 사건이 아직 풀리지 않은 채 남아있다. 시나포브는 도네브의 실종에 관해 이유가 무엇인지 짐작조차 할 수 없었다.

정말 이 시대의 평범한 사람은 그렇게 행동하지 않는다. 하지만 도네브는 어떤 정신적 문제가 있었나?

시나포브는 도리없이 참아야 하고 요하나의 귀가를 기다려야만 했다.

요하나는 점심때 12시에 돌아왔다. 수도원에 가서 돌아오는 것은 피곤한 일이었다. 집에 들어와서 처음에 물 한 잔을 마셨다. 매우 목이 말랐기 때문이다. 나중에 의자에 앉아 말하기 시작했다.

"내가 오빠를 만나고 신사에 대해 말했어요.

Unue li estis tre kolera kontraŭ mi, ĉar mi ne plenumis mian promeson kaj malkaŝis al vi kie li troviĝas. Mi ĵuris antaŭ li, ke vi estas bona homo kaj vi helpos lin. Fin-fine li konsentis, ke vi venu al li.

– Bone. Morgaŭ ni iros en la monaĥejon, – diris Sinapov.

En vespero longe Sinapov ne povis ekdormi. La ĉambro, en kiu li kuŝis, estis malgranda kun malnova lito, ligna tablo kaj vestoŝranko. La fenestro de la ĉambro rigardis al la korto, kie kreskis la fruktarboj. Ĉi-nokte blovis forta vento kiu klinis la branĉojn kaj aŭdiĝis mistera susuro, kvazaŭ iu flustris ion ekstere. Ĉe la fenestro estis prunarbo, kies branĉoj minace frapetis la fenestran vitron. Estis nuboj, videblis nek la Luno, nek la steloj. Estis densa prema mallumo kiel en profunda groto. Turmentaj pensoj suferigis Sinapov. "Estas terure fuĝi, kaŝi sin de io aŭ iu," meditis li, provante diveni kion sentis kaj travivis Donev. "Certe li estas ege streĉita, tage kaj nokte obsedas lin la timo, ke oni trovos lin. Eble lia dormo estas maltrankvila kiel la dormo de leporo kaj la plej eta bruo certe vekas lin. Tamen kial? Kion li faris? Kial li falis en tiun ĉi situacion? Ĉu li ne povis trovi alian elirvojon?"

처음에는 내가 약속을 지키지 않고 어디 숨었는지 알려 주었기 때문에 내게 크게 화를 냈어요.

오빠에게 신사가 좋은 사람이고 오빠를 도와줄 것이라고 설득했어요.

마침내 신사가 오빠에게 오도록 동의했어요."

"알겠습니다. 내일 수도원에 함께 가시죠." 시나포브가 말했다.

저녁에 오랫동안 잠을 이루지 못했다. 누워 있는 방은 오래된 침대, 나무 탁자, 옷장이 있고 좁았다. 방의 창문은 과일나무가 자라는 마당 쪽을 향했다. 오늘 밤에는 가지를 흔드는 찬바람이 불어 밖에서 무언가 속삭이는듯한 신비로운 바람 소리가 났다. 창가에는 자두나무가 서 있어 가지가 창유리를 위협하듯 두드리고 있었다. 구름이 나와 별도 달도 보이지 않았다. 깊은 동굴 속에 있는 것 같은 짙은 어둠이 압박하고 있다. 괴롭히는 생각이 시나포브를 사로잡았다. 무언가로부터 누구로부터 숨고 도망치는 것은 끔찍한 일이다. 도네브는 무엇을 느끼고 경험했는지 추측하면서 생각에 잠겼다. 분명히 매우 스트레스를 받고 밤낮으로 두려움에 싸여 사람들이 알아보았을 것이다. 아마 잠을 자도 가장 작은 부스럭거리는 소리에도 깨는 토끼의 잠처럼 불안했을 것이다. 하지만 왜? 무엇을 했을까? 왜 그런 상황에 빠졌을까? 다른 출구는 찾을 수 없었을까?

16.

En la mateno Johana kaj Sinapov ekiris al la monaĥejo. La montara vojo pasis tra la fagarbaro. Sinapov ĝuis la freŝan aeron kaj la abundan verdaĵon. Li kvazaŭ paŝis en sorĉita mondo, kie regis profunda silento. Nur de tempo al tempo iu timigita birdo ekflugis antaŭ ili aŭ de ie, de la branĉoj, subite eksonis vigla birda kanto.

Post unuhora piedirado ili staris antaŭ la ŝtona muro de la monaĥejo. La masiva ligna pordo estis fermita. Johana per ligna marteleto, ligita per ŝnuro al la pordo, frapetis je ĝi. Alvenis junulo, verŝajne servisto en la monaĥejo, kiu malfermis la pordon.

– Ni venis al avo Pavel, – diris Johana.

La junulo ekiris kun ili al la ĉelo de la monaĥejestro. Avo Pavel renkontis ilin.

– Bonan tagon, via moŝto, – salutis lin Johana.

– Bonvenon kaj Dio benu vin, – diris la pastro.

Alta, ĉirkaŭ sepdekjara kun longa blanka barbo, li similis al biblia profeto. En la verdbluaj okuloj videblis kvieto kaj prudento.

– Vi scias kial ni venis, – diris Johana. – La sinjoro estas privata detektivo, kiu helpos Damjan.

16. 담얀과 만남

아침에 요하나와 시나포브는 수도원으로 출발했다.
산길은 너도밤나무숲 사이를 뚫고 지나갔다.
시나포브는 신선한 공기와 풍성한 초록을 마음껏 누렸다.
깊은 침묵이 다스리는 매력적인 세계를 지나는 듯했다.
때로 어떤 겁에 질린 새가 그들 앞을 날아가고 가지에
서 갑자기 활기찬 새 소리가 났다.
1시간을 걸어서 수도원 돌벽 앞에 섰다.
커다란 나무문은 닫혀 있다.
문에 끈으로 매달린 작은 나무망치로 요하나가 문을 두
드렸다.
수도원의 봉사자로 보이는 청년이 나와 문을 열었다.
"파벨 원장님을 뵈러 왔습니다." 요하나가 말했다.
젊은이는 수도원장의 방으로 함께 갔다.
파벨 원장이 그들을 만났다.
"안녕하십니까? 원장님" 요하나가 인사했다.
"어서 오세요. 하나님의 축복이 함께 하시길." 신부
가 말했다.
키가 크고 긴 흰 수염의 약 70세의 신부는 성경의 예언
자를 닮았다.
푸르고 파란 눈에 조용함과 겸손함이 보였다.
"우리가 왜 왔는지 아시지요?" 요하나가 말했다.
"이 분은 담얀을 도와줄 사립탐정입니다."

Sinapov prezentis sin.

– Bone ke vi helpos Damjan, – diris avo Pavel. – Li estas en tre komplika situacio. Mi diru eĉ en danĝera situacio. Ege, ege maltrankvila li estas. Nun ni iros al li. Kiam li venis, mi donis al li apartan ĉelon,[48] kie li fartu bone kaj estu en sendanĝero.

Ili eliris sur la longan terason de la monaĥejo kaj haltis antaŭ la pordo de la ĉelo, en kiu nun loĝis Damjan. Avo Pavel frapetis je la pordo kaj diris:

– Frato Damjan, viaj gastoj estas ĉi tie.

Post iom da tempo la pordo lante malfermiĝis kaj antaŭ Sinapov aperis viro. En la unua momento Sinapov ne povis rekoni Donev. Nun li havis barbon, kiu kovris lian tutan vizaĝon. Ankaŭ la hararo estis longa kaj li surhavis nigran sutanon. "Ĉu tiu ĉi viro estas Donev?" maltrankvile demandis sin Sinapov.

– Bonan tagon, – salutis li.

– Bonan tagon, – diris Donev.

Suspekteme kaj time li rigardis ilin, poste rapide alrigardis la terason kaj kiam li konvinkiĝis, ke krom ili ne estas tie aliaj personoj, li invitis ilin en la ĉelon. Ĝi estis vera monaĥeja ĉelo, nur kun lito kaj malnova ligna komodo ene.

---

48) 독방. 감옥

시나포브가 자신을 소개했다.

"담얀을 도와주어서 감사합니다." 파벨 원장이 말했다. "그 사람은 매우 복잡한 상황에 있어요. 위험할 정도죠. 매우 불안해합니다. 지금 담얀에게 갑시다. 담얀에게 위험하지 않게 잘 지내도록 별도의 방을 주었어요."

그들은 수도원의 긴 복도를 지나 지금 담얀이 지내는 방 앞에 도착했다.

파벨 원장이 문을 두드리며 말했다.

"담얀 형제님, 손님들이 왔어요."

조금 뒤 문이 천천히 열리고 시나포브 앞에 한 남자가 나타났다.

처음에 도네브를 알아보지 못했다.

모든 얼굴을 덮도록 수염이 나 있었다.

머리카락도 길고 검은 사제복을 입었다.

'이분이 도네브 씨인가?' 시나포브가 불안하며 궁금했다.

"안녕하십니까?" 시나포브가 인사했다.

"안녕하세요." 도네브가 말했다.

의심하고 두려워하며 사람들을 쳐다보고 빠르게 복도를 보고 그들밖에 다른 사람이 없는 것을 확인했을 때 방 안으로 초대했다.

그곳은 수도원의 독방이고 안에는 침대와 오래된 나무 옷장뿐이었다.

Sinapov, Johana kaj avo Pavel sidiĝis sur la liton kaj Donev – sur seĝon, kontraŭ ili. Post mallonga paŭzo Sinapov ekparolis:

– Mi estas privata detektivo kaj via nevo Bojan, kiu ege maltrankviliĝas pri vi, petis min serĉi vin kaj ekscii kio okazis al vi. Mi devis renkontiĝi kun kelkaj viaj konatoj kaj fin-fine mi trovis vin. Mi petas vin diri, kio igis vin kaŝiĝi ĉi tie?

Dum iom da tempo Donev silentis kaj poste li malrapide, obtuzvoĉe komencis rakonti:

– Oni ne scias kio okazos kaj kio atendas nin en la vivo. Mi devis kaŝi min, ĉar oni minacis murdi min.

– Kiu? Kial? – demandis senpacience Sinapov.

– Ĉio komenciĝis tute neatendite. Mi kutimas ĉiumonate retrati mian pension de banko. Komence de majo, la 3-an de majo, mi estis en la banko kaj staris vice por retrati la pension. Tiam subite en la bankon eniris rabistoj kaj minacis nin revolvere. Malbonŝance mi ekkonis unu el la rabistoj. Li estis Danail, la filo de mia ekskolego Georgi Nikov. Ja, mi konas Danail jam de lia infanaĝo. Tamen, kiam li iĝis plenkreska, li ekiris sur malĉastan vojon, li ne ŝatis labori, hazardludis, ŝtelis... Lia patro estas honesta, bona homo, sed la filo iĝis krimulo.

시나포브, 요하나, 파벨 원장은 침대 위에 걸터앉고 도네브는 그들 건너편 의자에 앉았다.

조금 있다가 시나포브가 말을 시작했다.

"저는 사립탐정이고 선생님의 조카 보얀이 선생님에 대해 매우 걱정하고 찾아서 무슨 일이 일어났는지 알아 달라고 요청을 했습니다. 몇몇 지인들을 만나 마침내 찾게 되었습니다. 무슨 일로 여기 숨었는지 말해 주시길 부탁드립니다."

잠깐 도네브는 조용히 있다가 나중에 천천히 어두운 목소리로 이야기를 시작했다.

"삶에서 무엇이 일어나고 무슨 일이 기다리는지 우리는 잘 모릅니다. 누가 나를 죽인다고 협박했기 때문에 숨어야만 했습니다."

"누가? 왜요?" 기다리지 않고 시나포브가 물었다.

"전혀 기대하지 않게 모든 일이 생겼어요.

매달 은행에서 내 연금을 찾곤 해요.

5월 초에, 5월 3일 은행에서 연금을 찾을 차례가 되었죠. 그때 갑자기 은행으로 강도가 들어와, 우릴 총으로 위협했어요. 운이 나쁘게 그들 중 한 명을 알아보았죠. 그 사람은 다나일로 내 전 직장동료 게오르기 니코브의 아들이에요. 정말 나는 다나일을 이미 어릴 적부터 알았어요. 그러나 다 자라서 나쁜 길로 빠져 일하기를 싫어하고 도박하고 훔쳤죠. 아버지는 정직하고 좋은 사람이었어요. 그러나 아들은 범죄자가 되었죠.

Ankaŭ Danail vidis kaj rekonis min. Ili, li kaj lia konato, duope prirabis la bankon, prenis la monon kaj rapide malaperis.

La sekvan tagon komenciĝis miaj turmentoj. Oni minacis min, ke oni murdos min. Danail timis, ke mi denuncos ilin kaj sendis siajn konatojn minaci min. Ili postsekvis min surstrate, nokte plurfoje telefonis al mi kaj kiam mi levis la telefonaŭskultilon, mistera voĉo minace flustris: "Vi scias kio okazos al vi, se vi ekparolos!" Fin-fine mi ne povis plu elteni tiun ĉi turmentadon kaj mi decidis kaŝi min. Al neniu mi diris kien mi iros. Mi venis ĉi tien kaj dank' al Dio jam pli ol monaton mi estas trankvila. Mi supozis, ke oni neniam trovos min ĉi tie.

– Jes, vi kaŝis vin, sed vi ne povas esti ĉi tie por eterne. Polico devas aresti la rabistojn kaj nur vi povas helpi la policon, – diris Sinapov.

– Ne! Neniam mi faros tion. Mi timas, mi ege timas! Krome, Danail estas filo de mia bona ekskolego kaj mi ege kompatas Georgi Nikov, mian amikon.

– Sed la polico povas garantii vian sekurecon. Vi devas kredi la policon, – provis konvinki lin Sinapov.

– Ne! Neniam!

다나일도 나를 보고 알아차렸죠.

그들 다나일과 동료는 둘이서 은행을 털어 돈을 갖고 재빨리 사라졌어요. 다음날부터 내 고통이 시작되었죠. 사람들이 나를 죽이겠다고 협박했어요.

다나일은 내가 그들을 고발할까 두려워 아는 사람을 보내 나를 협박했어요.

길에서 나를 미행했고, 밤에 여러 번 전화해서 내가 전화기를 들면 신비한 목소리가 협박하며 속삭였어요.

'당신이 말을 하게 되면 무슨 일이 생길지 알 것이다.'

마침내 이 고통을 더는 참을 수 없어 숨기로 했어요. 누구에게도 어디로 간다고 말하지 않았어요.

나는 이곳에 와서 하느님의 은혜로 한 달 이상 편안히 지냈어요.

결코, 사람들이 여기서 나를 보리라고 짐작하지 않았어요."

"맞습니다. 잘 숨으셨습니다. 그러나 여기서 영원히 계실 수 없습니다. 오직 선생님만이 경찰을 도울 수 있습니다." 시나포브가 말했다.

"아니요. 결코, 그렇게 하지 않을 것이오. 나는 두렵고 아주 겁에 질렸어요. 게다가 다나일은 나의 좋은 친구의 아들이고 내 친구 게오르기 니코브가 안됐어요."

"그러나 경찰이 선생님의 안전을 보장할 것입니다. 경찰을 믿어야 합니다."

시나포브는 담얀이 확신하도록 애를 썼다.

"아니요. 결코, 그렇게 하지 않을 것이오.

Mi preferas ĝis la fino de la vivo resti ĉi tie, en la monaĥejo kaj neniam plu reveni en la urbon.

– Mi tamen diros al Bojan kie vi troviĝas.

– Jes, diru, – post mallonga paŭzo konsentis Donev, sed li neniam venu ĉi tien. Li nur sciu, ke mi estas viva kaj sana.

– Estas bone, ke vi estas viva kaj sana. Nur mi kaj via nevo Bojan scios pri via kaŝloko, – diris Sinapov. – Bone, ke vi havas tiajn amikojn, kiel estas avo Pavel kaj kuzino Johana. Nun mi kaj Johana foriros. Ĝis revido.

– Ĝis revido, – diris Donev kaj ekstaris por adiaŭi ilin.

Avo Pavel akompanis ilin ĝis la monaĥeja pordo kaj deziris al ili bonan vojon al la vilaĝo. Sinapov kaj Johana ekpaŝis sur la montaran vojon.

Johana demandis Sinapov:

– Kio okazos? Damjan ne povos resti loĝi ĉi tie por ĉiam.

– Mi parolos kun Bojan, – respondis Sinapov. – Laŭ mi plej bone estos kiam Bojan konvinkos lin iĝi defendita atestanto. Damjan devas atesti dum la juĝproceso kontraŭ Danail Nikov. Oni kondamnos Danail, malliberigos lin kaj kelkajn jarojn li pasigos en malliberejo.

나는 생의 마지막까지 여기 수도원에 머물기를 더 좋아해요. 절대 도시로 돌아가지 않을 거요."

"하지만 저는 조카 보얀에게 선생님이 어디 있는지 말할 겁니다."

"예, 말하세요." 조금 쉬었다가 도네브는 동의했다. "그러나 결코 여기 와선 안 돼요. 오직 내가 살았고 건강하다는 것만 알아야 해요."

"살아 계시고 건강하니 다행입니다. 오직 저와 조카 보얀 만 선생님이 숨어 있는 곳을 알 것입니다."

시나포브가 말했다.

"선생님은 파벨 원장님이나 요하나 사촌 같은 그런 친구가 있어서 다행입니다. 이제 저와 여사님은 떠날 것입니다. 안녕히 계십시오."

"잘 가세요." 도네브가 작별인사하려고 일어났다. 파벨 원장이 수도원 문 앞까지 그들을 배웅했다. 마을까지 잘 돌아가라고 말했다.

시나포브와 요하나는 산길로 접어들었다.

요하나가 시나포브에게 물었다.

"무슨 일이 일어날까요? 오빠는 영원히 이곳에 살 수 없어요." "보얀과 이야기할 겁니다." 시나포브가 대답했다. "제 생각에 가장 좋은 것은 보얀이 삼촌을 설득해 목격자가 되도록 하는 것입니다. 삼촌은 다나일에 대한 재판절차에서 증인을 서야 합니다. 다나일은 판결받고 감옥에 가서 몇 년 동안 감옥에 있을 겁니다.

Damjan estos defendita kaj nenio malbona okazos al li.

– Mi ne estas certa ĉu Damjan konsentos esti atestanto dum la juĝproceso, – diris Johana kaj maltrankvile alrigardis Sinapov. – Li kaj la patro de Danail estis kolegoj kaj amikoj. Pro la patro, Georgi Nikov, Damjan eble ne deziros atesti kontraŭ Danail.

– Mi bone komprenas tion, sed laŭ mi Damjan ne havas alian eblon. Aŭ li devas por ĉiam resti en la monaĥejo, aŭ Danail pli aŭ malpli frue trovos lin kaj eble murdos lin.

Johana ektremis.

– Tio estas terure! – flustris ŝi.

Sinapov eksilentis. Nun ili pli malrapide iris kaj ŝajnis al li, ke la vilaĝo estas tre malproksime. "Damjan certe ne povis imagi, ke li iĝos la kialo, ke filo de lia bona amiko estos malliberigita," meditis Sinapov. Dum la tuta vivo Damjan strebis havi bonajn rilatojn al la homoj. Li ne deziris ofendi, nek ĉagreni[49] ilin kaj nun li staris antaŭ malfacila dilemo. Damjan sciis, ke Georgi Nikov amas sian filon kaj ne kredas, ke Danail estas krimulo. "Okazas, ke en la vivo homo povas fali en teruran, turmentan situacion kaj li ne trovos solvon," diris al si mem Sinapov.

---

49) ~를 괴롭히다, ~에게 불쾌하게 하다, 귀찮게(성가시게)굴다, 고민하다

오빠는 보호받을 것이고 어떤 나쁜 일도 생기지 않을 겁니다."

"나는 오빠가 재판 과정에서 목격자 되는 것을 동의할지 확신하지 못해요."

요하나가 말하고 불안해하며 시나포브를 바라보았다.

"오빠와 다나일의 아버지는 직장동료고 친구였어요. 아버지 게오르기 니코브 때문에 오빠는 아마도 다나일에 대한 증인이 되는 것을 원치 않을 거예요."

"잘 이해하지만 제 생각엔 오빠는 다른 가능성이 없습니다. 영원히 수도원에 있어야 하거나 다나일이 다소 오빠를 일찍 발견해서 아마 죽이거나 할 겁니다."

요하나는 떨기 시작했다. "그것은 비참해요." 요하나가 속삭였다. 시나포브는 조용했다.

지금 그들은 조금 천천히 걸어서 마을이 꽤 먼 것처럼 보였다.

'담얀은 확실히 좋은 친구의 아들이 감옥에 갈 이유가 되는 것을 상상할 수 없다.'라고 시나포브는 생각했다. 평생 사람들과 좋은 관계를 맺으려고 노력했다. 그들을 공격하거나 화나게 하지 않으려고 했다. 지금 어려운 모순에 빠져 있다. 게오르기 니코브가 아들을 사랑하고 다나일이 범인이라고 믿지 않을 것을 담얀은 안다. '사람들은 삶에서 비참한 고통스러운 상황에 빠질 수 있다. 해결책을 찾을 수 없다.'

시나포브는 혼잣말했다.

Kiam li kaj Johana revenis en la vilaĝon, li dankis al Johana, eniris la aŭton kaj ekveturis. Survoje li daŭre meditis pri Donev. Sinapov plenumis sian promeson, trovis Donev kaj eksciis kio okazis al li, sed tio ne helpis al Donev. Sinapov estis laca, li rapidis reveni hejmen kaj iom pli haste ŝoforis. Kiam la aŭto forlasis la monton kaj ekveturis sur la ŝoseo en la valo, Sinapov iĝis pli trankvila.

Hejme Lili kaj la infanoj atendis lin, sed li rimarkis, ke Lili denove estas malkontenta. Ja, du tagojn li forestis, tamen ŝi nenion diris kaj nur demandis lin:

– Ĉu vi estas laca?

– Jes, – diris Sinapov, – sed pli gravas, ke mi sukcese finis la laboron.

Lili nenion plu demandis. Ŝi nenion deziris scii pri lia laboro. Al ŝi tute ne plaĉis, ke li estas privata detektivo kaj ofte ŝi petis lin komenci alian, pli bonan laboron.

Post la vespermanĝo kiel kutime Lili kaj li sidiĝis antaŭ la televidilo. Komenciĝis la novaĵelsendo. Oni informis pri la tagaj politikaj kaj ekonomiaj eventoj enlande kaj eksterlande. Je la fino la televizia ĵurnalistino diris:

– Nun sekvas ĉagrena novaĵo.

시나포브와 요하나가 마을로 돌아왔을 때 요하나에게 감사 인사하고 차를 타고 출발했다.

길 위에서 계속해서 도네브에 대해 생각했다.

시나포브는 도네브를 찾고 무슨 일이 일어났는지 아는데 약속을 실천했다.

그러나 도네브에게 도움이 안 됐다.

시나포브는 피곤해서 집으로 돌아가기를 서둘러 조금 급하게 운전했다.

차가 산을 떠나 계곡에 있는 도로에 올랐을 때 시나포브는 더 차분해졌다.

집에서 아내와 아이들이 시나포브를 기다렸지만, 아내가 다시 슬픈 것을 시나포브는 알아차렸다.

정말 이틀이나 집을 떠나 있어서 아내는 아무 말도 하지 않고 물었다. "피곤해요?"

"응!" 시나포브가 말했다. "그러나 성공적으로 일을 끝낸 것이 더 중요해."

아내는 더는 묻지 않았다. 남편의 일에 대해 아무것도 알기를 원치 않았다. 남편이 사립탐정인 것이 전혀 마음에 들지 않아 자주 다른 더 좋은 일을 시작하라고 요구했다.

보통처럼 저녁을 먹고 둘은 TV 앞에 앉았다. 뉴스 방송이 시작했다. 오늘의 국내외 정치적이고 경제적인 사건에 대해 방송했다. 마지막에 TV 기자는 말했다.

지금 안타까운 소식이 이어집니다.

Hodiaŭ okazis terura murdo. Pro ĵaluzo kvardekjara Dinko Nedev mortpafis sian edzinon Pavlina Nedeva. La murdo okazis sur la strato antaŭ la vestfabriko, en kiu laboris Pavlina. Dinko Nedev atendis ŝin post la fino de la labortago kaj per pistolo pafmurdis ŝin antaŭ la koleginoj. Post la murdo li mem iris al la policejo.

Sinapov restis ŝokita. Nur tion li ne atendis. Li ne supozis, ke Dinko povas tion fari. "Jes," meditis li. "Neniu povas antaŭdiri kiel reagos iu homo." Sinapov ĉesis spekti la televizion kaj foriris en alian ĉambron. La ago de Dinko estis terura. "Jes," diris li al si mem. "Lili pravas, mia laboro eble estas unu el la plej malbonaj profesioj."

En unu skatolon[50] li metis la fotojn de Pavlina kaj Donev. Du liaj taskoj estis plenumitaj kaj finitaj. Post ĉiu laboro li metis la laborfotojn en tiun ĉi skatolon, kiu jam estis preskaŭ plena. "Post ioma tempo," meditis Sinapov, "iu trarigardos jenajn fotojn kaj ne komprenos kial ili troviĝas en la skatolo. Oni ne scios, ke temas pri fotoj de homoj kun tragika sorto. Oni ne supozos, ke la homoj sur tiuj ĉi fotoj ne havis bonŝancon en la vivo. "

---

50) 갑(匣), 작은 상자, 합(盒)

오늘 잔인한 살인 사건이 발생했습니다. 질투 때문에 40살의 딩코 네데브가 부인 파블리나 데네바를 총으로 쏴 죽였습니다. 살인은 파블리나가 일하는 의류 공장 앞 거리에서 발생했습니다. 딩코는 부인이 근무를 끝내고 나오는 것을 기다려 총으로 여자 동료 앞에서 쏘았습니다. 살인 뒤 스스로 경찰서로 갔습니다."

시나포브는 충격에 빠져 있었다.

그것만은 기대하지 않았다. 딩코가 그런 짓을 하리라고 짐작도 못 했다. '맞아.' 하고 생각했다. '어떤 사람이 어떻게 반응할지는 예측해서 말할 수는 없어.'

시나포브는 TV 보는 것을 멈추고 다른 방으로 갔다. 딩코의 행동은 잔인했다. '맞아.' 시나포브는 혼잣말 했다. '내 일이 아마 가장 나쁜 직업 중 하나라는 아내 말이 맞아.' 어느 상자에 파블리나와 도네브의 사진을 넣었다. 두 개의 일은 성취되고 끝이 났다. 모든 일이 끝난 뒤 일에 관련된 사진을 이미 거의 꽉 찬 이 상자에 넣었다. '조금 뒤,' 시나포브는 생각했다. '누군가 이 사진들을 훑어볼 것이고, 그것들이 왜 이 상자에 있는지 이해하지 못할 것이다. 사람들은 이 사람들의 사진과 비극적인 운명에 대해 모를 것이다. 이 사진들의 사람들이 삶에서 좋은 운을 갖지 못했다고 짐작도 못 할 것이다.'

17.

Ĉi-matene Sinapov rapidis por renkontiĝi kun du personoj en la kafejo Lotuso. Antaŭ semajno ili estis ĉe li kaj rakontis, ke komence de septembro ili deziris ekskursi al Egiptio, sed la firmao, kiu aranĝis la ekskurson, kolektis la monon kaj kiam la grupo devis forveturi, la firmao malaperis. Tie, kie estis ĝia oficejo, nun estas malplena ejo kaj neniu respondas, kiam oni vokas ilin telefone. Dudek personoj, kiuj devis ekskursi, petis Sinapov, ke li trovu la reprezentantojn de tiu ĉi falsa firmao, por ke oni juĝu ilin. Tial nun Sinapov devis renkontiĝi kun du personoj el la grupo por priparoli detalojn pri la okazintaĵo.

La kafejo Lotuso troviĝis proksime al etnografia[51] muzeo kaj kiam Sinapov jam estis ĉe la kafejo, li renkontis Bojan Mitov. Dum la tuta somero ili ne vidis unu la alian. Bojan salutis Sinapov.

– Saluton. Kio okazis al via onklo? – demandis Sinapov.

– Mi sukcesis konvinki lin iĝi defendita atestanto. Okazis juĝproceso kaj oni kondamnis Danail Nikov kaj lian amikon Marin Popov al dudekjara mallibereco. Nun ili estas en malliberejo.

---

51) 민속학, 인류지(人類誌)

17. 카페 로투소

오늘 아침 시나포브는 **카페 로투소**에서 두 사람을 만나기 위해 서둘렀다.

일주일 전 여기 와서 9월 초에 이집트로 여행 가기 원한다고 말했다.

그러나 여행을 마련한 회사가 돈을 모은 뒤 단체가 여행하려고 할 때 사라졌다.

사무실에 있던 곳은 지금 텅 비었고 전화를 걸어도 아무도 받지 않았다.

여행을 갈 20명이 시나포브에게 이 거짓 회사의 대표를 찾아 재판에 넘기라고 요청했다.

그래서 지금 시나포브는 사건에 대해 자세한 내용을 토의하려고 단체의 두 사람을 만나야 한다.

로투소 카페는 민속 박물관 근처에 있고 시나포브가 이미 카페 가까이에 갔을 때 보안 미토브를 만났다.

여름 내내 서로 만나지 못했다.

보안이 시나포브에게 인사했다.

"안녕하십니까? 삼촌에게 무슨 일이 있었나요?" 시나포브가 물었다.

"삼촌을 증인으로 세우는 데 동의를 받았어요. 재판이 진행되었고, 다나일 니코브와 친구 마린 포포브는 20년 징역을 선고받았습니다.

지금 그들은 감옥에 있습니다.

Mia onklo, kiel defendita atestanto, nun loĝas en alia urbo, sed bedaŭrinde li ne bone fartas. La okazintaĵo kaŭzis al li grandan traŭmaton. Li preskaŭ ne eliras el loĝejo kaj li daŭre forte timas.

– Do. Mi esperas, ke la paso de la tempo helpos lin. La tempo estas la plej bona kuracilo. Iom post iom li forgesos kion li travivis, – diris Sinapov.

– Ni esperu.

– Estas bone, ke ĉio jam finiĝis. Salutu vian onklon je mia nomo, – diris Sinapov.

– Dankon. Mi salutos lin.

Bojan ekiris kaj Sinapov eniris la kafejon Lotuso.

Sofio, la 12-an de novembro 2017

삼촌은 증인이 된 뒤, 지금 다른 도시에 살지만 아쉽게
도 잘 지내지 못합니다.
사건이 큰 정신적 외상을 주었어요.
거의 아파트에서 나가지 않고 계속 몹시 두려워해요."
"예, 시간이 지나면 좋아질 겁니다.
시간이 가장 좋은 약이거든요.
조금씩 경험한 것을 잊을 겁니다."
시나포브가 말했다.
"저희도 바랍니다."
"모든 일이 끝나서 다행입니다.
삼촌에게 제 이름으로 안부 부탁합니다."
시나포브가 말했다.
"감사합니다. 삼촌께 인사드리겠습니다."
보얀은 걸어갔고 시나포브는 로투소 카페에 들어갔다.

2017년 11월 12일 소피아

Pri la aŭtoro

Julian Modest naskiĝis en Sofio en 1952. Li estas unu el la plej aktivaj nuntempaj Esperanto-verkistoj. Liaj rakontoj, eseoj kaj artikoloj aperis en diversaj revuoj. Li estas aŭtoro de la Esperantaj libroj:
- Ni vivos! – dokumenta dramo pri Lidia Zamenhof
- La Ora Pozidono – romano
- Maja pluvo – romano
- D-ro Braun vivas en ni – dramo
- Mistera lumo – novelaro
- Beletraj eseoj – esearo
- Sonĝe vagi – novelaro
- Invento de l' jarcento – komedioj
- Literaturaj konfesoj – esearo
- La fermita konko – novelaro
- Bela sonĝo – novelaro
- Mara Stelo – novelaro
- La viro el la pasinteco – novelaro
- Murdo en la parko – krimromano
- Dancanta kun ŝarkoj – novelaro
- Averto pri murdo – krimromano
- La enigma trezoro – romano por adoleskantoj
- Serenaj matenoj – krimromano

저자에 대하여

율리안 모데스트는 1952년 소피아에서 태어났다.
가장 활동적인 현대 에스페란토 작가 중 한 명이다.
소설, 수필, 짧은 이야기는 다양한 잡지에 실렸다.
아래 에스페란토 책의 저자다.
-우리는 살 것이다!-리디아 자멘호프에 대한 기록드라마
-황금의 포세이돈-소설
-5월 비-소설
-브라운 박사는 우리 안에 산다-드라마
-신비한 빛-단편 소설
-문학 수필-수필
-꿈에서 방황-짧은 이야기
-세기의 발명-코미디
-문학 고백-수필
-닫힌 조개-단편 소설
-아름다운 꿈-짧은 이야기
-바다별-단편 소설
-과거로부터 온 남자-짧은 이야기
-공원에서의 살인-추리 소설
-상어와 함께 춤추기-단편 소설
-살인 경고-추리 소설
-수수께끼의 보물-청소년을 위한 소설
-고요한 아침-추리 소설

Vortoj de tradukisto

Oh Tae-young(Mateno, Dumviva Membro)

Unu el la plej feliĉaj aferoj estas elpreni akvomelonon, kiu estis tranĉita kaj metita en hermetikan ujon kaj manĝi. Kiam vi manĝas bongustan akvomelonon kun forko en varmega somera tago, la vivo estas plena de feliĉo. Mi sentis la feliĉon manĝi akvomelonon dum mi legis kaj tradukis "averto pri murdo" kaj eksciis, ke la vivo estas vere nekonata. La vivo de Donev ŝanĝiĝas en momento, kiam li ricevas murdan averton iutage. subite li kaŝis sin ie neniu konas. La romano komenciĝas kun Bojan, lia nevo, kiu serĉas sian malaperintan onklon, serĉante privatan detektivon Sinapov. Serĉi malaperintan personon, retrorigardi al la vivo de la homo, rigardi homajn rilatojn kaj konatoj konversacii kun ili estas daŭre. Mi scivolas, kian taksadon mi faros poste, se mia vivo finiĝos subite. La decido vivi sukcesan vivon venas aŭtomate. Dume, junulo nomata Dinko edziĝis, post kiam li havis infanon kaj provis prepari domon por familio, kiam li gajnis domon en la 40-aj jaroj, ŝia edzino kokras lin.

Kiam edzo demandis kial, edzino parolas ke, la edzo, kiu nur sciis monon, kiu neniam aĉetis florojn, neniam prenis ŝin al koncerto estas malaminda. Dinko luktis por prepari ĉi tiun domon, sed la domo ne povis resti ankoraŭ unu tagon por sia edzino. Por la feliĉo de la familio, Dinko investas ĉion kaj ne manĝas, ne elspezas. Tamen la rezulto estas malplena kiel birdotimigilo. Dinko poste mortigas sian edzinon hejmenvoje de la laboro kaj memiras al la policejo. Ni bezonas dividi niajn pensojn kaj paroli unu kun la alia kaj trovi feliĉon kune, sed la rezultoj de privataj klopodoj vundas unu la alian. Vi rimarkas la tragedion de ĉi tiu vivo. Mi ĝojas traduki 'averto pri murdo' de Julian Modest. Mi volas dividi ĉi tiun ĝojon kun miaj legantoj. Dankon al la aŭtoro kaj Espero-Eldonejo pro senkondiĉa prespermeso.

julio 2021. en kristalejo

번역자의 말

오태영(Mateno, 평생 회원)

아주 행복한 일 중의 하나가 잘 썰어서 밀폐 용기에 넣어진 수박을 꺼내서 먹는 일입니다.

더운 여름에 포크 하나만 들고 맛있는 수박을 찍어 먹을 때 삶의 행복감이 넘쳐납니다.

이 '살인 경고'를 읽으면서 인생이 참 알 수 없다는 것을 배우면서 수박을 먹는 행복을 느꼈습니다.

도네브의 인생이 어느 날 살인 경고를 받고 순식간에 달라집니다. 갑자기 어딘가로 꼭꼭 숨어 버립니다. 실종된 삼촌을 찾는 조카 보얀이 시나포브 탐정을 찾아가는 데서 이 소설은 시작합니다. 실종된 사람을 찾으면서 그 사람의 삶을 되돌아보고 인간관계를 알아보고 여러 지인과 대화를 나눕니다. 지금 내 삶도 갑자기 끝난다면 나중에 어떤 평가를 하게 될까 궁금해지고 인생을 열심히 살아야겠다는 다짐이 저절로 나옵니다.

한편 딩코라는 젊은이가 결혼해서 자녀를 낳고 자기 집을 마련하고자 애쓰며 살다가 40대에 집이 생기자 아내가 바람을 피웁니다. 이유를 물어보니 돈밖에 모르는 남편, 꽃 한번 사 준 적 없는 남편, 음악회 한번 데려다준 적이 없는 남편이 미웠다고 아내가 말합니다. 딩코는 이 집 마련하느라 아등바등하였는데 아내에겐 오히려 하루도 더 묵을 수 없는 집이 되었습니다.

가족의 행복을 위해. 모든 것을 투자해서 안 먹고 안 쓰고 애쓴 결과가 허수아비처럼 텅 빈 자신을 보게 된 딩코는 결국 퇴근하는 아내를 길 위에서 죽이고 경찰서에 자수 합니다. 부부가 서로 생각을 나누고 대화하며 함께 행복을 찾아야 하는데. 각자 노력한 결과가 서로에게 아픔이 되는 인생의 비극을 깨닫게 됩니다.

율리안 모데스트의 '살인 경고'를 번역하면서 행복했습니다. 이 기쁨을 독자들과 나누고 싶고 흔쾌히 번역을 허락해주신 작가와 에스페로 출판사에 감사드립니다.

2021년 7월 수정재(水晶齋)에서

번역자 진달래 출판사 대표 오태영(작가, 시인)